600 EXERCICES d'ALLEMAND

Virginie Thoumieux

Professeure certifiée

LAROUSSE

21, rue du Montparnasse 75283 Paris Cedex 06

Directrice du département
Dictionnaires et Encyclopédies
Carine Girac-Marinier

Édition
Valérie Katzaros

Informatique éditoriale
Marie-Noëlle Tilliette ; Philippe Cazabet

Direction artistique
Uli Meindl ; Sophie Rivoire

Maquette
Sylvie Fécamp

Fabrication
Marlène Delbeken

Remerciements à Romain Gervais pour ses précieuses remarques

21, rue du Montparnasse
75283 Paris Cedex 06

ISBN 978-2-03-597309-2

Avant-propos

Cet ouvrage présente de manière claire et synthétique l'ensemble des règles de grammaire et de conjugaison qu'un collégien doit connaître pour aborder et poursuivre son apprentissage de l'allemand.
Il propose une approche progressive, idéale pour aider l'élève à mémoriser les notions étudiées tout au long du collège, à réviser ses connaissances et à surmonter toutes les difficultés.

75 fiches pour réviser et s'entraîner

Les **75 fiches** suivent le programme scolaire du collège. Elles se présentent sous une forme identique : à gauche, la **leçon** synthétisant le **point** de grammaire ou de conjugaison, à droite, les **QCM** pour s'entraîner sur le point précis.

Chaque leçon est rythmée en deux ou trois points :

JE RETIENS : l'énoncé des règles accompagné d'exemples.

JE FAIS ATTENTION : les points particuliers, les pièges à éviter.

POUR EN SAVOIR PLUS : les éléments approfondissant la règle énoncée.

Chaque leçon est complétée par des QCM qui permettent à l'élève de tester ses connaissances rapidement et de manière ludique.

Les corrigés des QCM, précis et détaillés, se trouvent à la fin de l'ouvrage.

Un trait d'union entre le collège et la maison

Cet **ouvrage de référence**, clair et original, pourra être utilisé par le collégien de façon autonome. Il lui permettra de progresser dans sa maîtrise des **règles de la grammaire allemande**, de comprendre la **construction des formes conjuguées** et, une fois toutes ces règles assimilées, de **s'exprimer** en allemand avec confiance.

Sommaire

Sommaire

Sommaire

Fiches

1 Le genre des noms

JE RETIENS

En allemand, il existe **3 genres** : le **masculin**, le **féminin** et le **neutre**.

masculin	der Lehrer	Der Lehrer ist sehr sympathisch.
féminin	die Katze	Die Katze ist grau.
neutre	das Baby	Das Baby heißt Tom.

Il faut apprendre par cœur les noms avec leur genre car celui-ci diffère parfois du français.

der Mond *(la lune)* die Sonne *(le soleil)* das Kind *(l'enfant)*

Le troisième genre, **le neutre**, n'existe pas en français. Les noms neutres peuvent tout aussi bien désigner une **personne** qu'un **objet**. L'article défini das se traduit donc soit par **le** soit par **la**.

das Haus *(la maison)* das Mädchen *(la fille)* das Pferd *(le cheval)*

- Les noms qui se terminent par les suffixes **-en**, **-ling**, **-ich**, **-ig** sont la plupart du temps masculins :

der Garten *(le jardin)* der Frühling *(le printemps)* der Teppich *(le tapis)*

Il en est de même pour les noms se rapportant à des **personnes** ou à des **métiers** :

der Lehrer *(le professeur)* der Apotheker *(le pharmacien)* der Mann *(l'homme)*

- Les noms qui se terminent par les **suffixes** **-heit**, **-keit**, **-ung**, **-schaft**, **-ion**, ou qui ont une **origine étrangère** et se terminent par **-ei**, **-enz**, **-ik** ou **-ät** sont généralement féminins :

die Gesundheit *(la santé)* die Höflichkeit *(la politesse)*
die Einladung *(l'invitation)*

C'est aussi le cas des noms de **personne** ou ceux qui se terminent par le **suffixe** **-in** et qui servent à faire le féminin d'un mot masculin.

die Lehrerin *(la professeure)* die Apothekerin *(la pharmacienne)*
die Frau *(la femme)*

- Les noms qui se terminent par les **suffixes** **-(t)um** , **-ment** , ou par le **diminutif** **- chen** sont neutres :

das Album das Medikament das Meerschweinchen *(le cochon d'Inde)*

JE FAIS ATTENTION

En allemand, **tous les noms** (noms propres et noms communs) s'écrivent avec **une majuscule**.

JE M'ENTRAÎNE Corrigés page 162

1 ... Journalistin macht ein Interview.

a Der b Die c Das

2 ... Kaninchen ist sehr süß.

a Der b Die c Das

3 ... Universität in Heidelberg ist sehr alt.

a Der b Die c Das

4 ... Bäcker backt frische Brötchen.

a Der b Die c Das

5 ... Junge heißt Markus.

a Der b Die c Das

6 ... Matheübung ist schwer.

a Der b Die c Das

7 ... Aquarium hat viele bunte Fische.

a Der b Die c Das

8 Bald kommt ... Frühling.

a der b die c das

vocabulaire

süß: mignon(ne)	**backen:** faire cuire	**der Fisch:** le poisson
schwer: difficile	**bunt:** multicolore	**bald:** bientôt

2 Les pronoms personnels sujets

JE RETIENS

Les **pronoms personnels sujets** servent à remplacer un groupe nominal dans une phrase et permettent ainsi d'éviter les répétitions.

Steffi kommt aus Deutschland. Sie wohnt in Berlin.

Steffi vient d'Allemagne. Elle habite à Berlin

Herr Müller ist mein Sportlehrer. Er ist sehr sympathisch.

Monsieur Müller est mon professeur de sport. Il est très sympathique.

Das Kind heißt Timo. Es ist 2 Jahre alt.

L'enfant s'appelle Timo. Il a 2 ans.

Le tableau ci-dessous regroupe tous les pronoms personnels sujets.

	singulier	pluriel
1re personne	ich	wir
2e personne	du	ihr
3e personne	er / sie / es	sie

À noter qu'il y a **trois formes** pour la **3e personne du singulier** qui correspondent aux trois genres : er *(il)* masculin, sie *(elle)* féminin et es *(il/elle)*. En revanche, il n'existe qu'**une seule forme à la 3e personne du pluriel**, identique pour les trois genres : **sie** *(ils ou elles)*.

JE FAIS ATTENTION

Afin de ne pas confondre le pronom personnel sie (3e personne du singulier) et **sie** (3e personne du pluriel), il faut être attentif à la terminaison du verbe !

Sie wohn**t** in Berlin.

Elle habite à Berlin.

Sie wohn**en** in Deutschland.

Ils/elles habitent en Allemagne.

JE M'ENTRAÎNE Corrigés page 162

1 … heiße Tina. Und das ist meine Freundin Lisa.

a Du   b Sie   c Ich

2 Wo sind Lukas und Tom? Spielen … noch im Garten?

a er   b sie   c ihr

3 Wann hast … Geburtstag?

a du   b ich   c er

4 Mein Bruder und ich gehen oft ins Kino. … mögen Science-Fiction-Filme.

a Sie   b Wir   c Ihr

5 Ich gehe heute Nachmittag ins Schwimmbad. Kommt … mit?

a ihr   b wir   c du

6 Mein Cousin kommt aus Österreich. … wohnt in Wien.

a Sie   b Er   c Ihr

7 Tina ist sehr musikalisch. … spielt Klavier und singt auch gern.

a Ihr   b Es   c Sie

8 Das Baby weint. … hat sicher Hunger.

a Er   b Es   c Sie

vocabulaire

der Geburstag: l'anniversaire
das Kino: le cinéma
das Schwimmbad: la piscine
Österreich: l'Autriche
Wien: Vienne
Hunger haben: avoir faim

3 Le verbe sein au présent

JE RETIENS

- Le **verbe** **sein** (*être*) en allemand a une conjugaison complètement **irrégulière** au **présent**. Il faut donc l'apprendre par cœur. Il peut être utilisé en tant que verbe ou, comme **auxiliaire**, pour **former d'autres temps** (par exemple le passé composé).

Die Katze **ist** süß.
Le chat est mignon.

Du **bist** meine beste Freundin.
Tu es ma meilleure amie.

Wir **sind** Freunde.
Nous sommes amis.

	sein
ich	bin
du	bist
er / sie / es	ist
wir	sind
ihr	seid
sie	sind

JE FAIS ATTENTION

- Certaines expressions qui se construisent avec le verbe « avoir » en français s'emploient avec le verbe « être », **sein**, en allemand :

Mir **ist** kalt. / Es **ist** mir kalt.
J'ai froid.

Mir **ist** heiß. / Es **ist** mir heiß.
J'ai chaud.

Mir **ist** schlecht.
Je me sens mal.

- **Sein** s'utilise aussi pour indiquer l'âge :

Ich **bin** zehn. / Ich **bin** zehn Jahre alt.
J'ai dix ans.

JE M'ENTRAÎNE Corrigés page 162

1 Wie alt ... du?

a bin   b bist   c ist

2 Das ... ein interessantes Buch.

a sind   b bist   c ist

3 Ich gehe ins Bett. Ich ... sehr müde.

a bin   b ist   c bist

4 Guten Morgen Kinder! ... ihr alle da?

a Sind   b Seid   c Sein

5 Meine Eltern ... am Wochenende nicht zu Hause.

a seid   b sein   c sind

6 Wo ... denn meine Schultasche?

a ist   b sind   c bist

7 Meine Hobbys ... Reiten und Lesen.

a sind   b sein   c seid

8 Frau Schmidt ... Journalistin von Beruf.

a bin   b sind   c ist

vocabulaire

das Buch: le livre	**müde:** fatigué(e)	**das Reiten:** l'équitation
das Bett: le lit	**das Wochenende:** le week-end	**der Beruf:** le métier

4 Les verbes faibles au présent

JE RETIENS

- La conjugaison des verbes est relativement simple en allemand. La plupart des verbes se terminent par **-en à l'infinitif**. On distingue les **verbes faibles**, qui sont des **verbes réguliers**, des **verbes forts**, qui sont des **verbes irréguliers**.

  spiel**en** *(jouer)*

  spiel est le radical du verbe

  - en est la terminaison de l'infinitif

- Lorsque l'on conjugue un verbe au **présent**, le **radical** est **identique** pour toutes les personnes. Seules les **terminaisons** changent en fonction du sujet. On supprime donc la terminaison de l'infinitif (**-en**) et on la remplace par la terminaison de la personne.

	spielen
ich	spiel**e**
du	spiel**st**
er/ sie /es	spiel**t**
wir	spiel**en**
ihr	spiel**t**
sie	spiel**en**

JE FAIS ATTENTION

- Pour les **verbes faibles** dont le **radical** se termine par **-d**, **-t** ou **-n**, il faut, par souci de prononciation, ajouter un **e** entre cette lettre et la **terminaison de la 2e et 3e personne du singulier**. Il en est de même pour **la 2e personne du pluriel**.

  reden *(discuter)* : du red**est** , er/sie/es red**et** , ihr red**et**

- Autre particularité : les verbes dont le **radical** se termine par **-s**, **-ss**, **-ß**, **-x**, ou **-z**, ne prennent pas de **-s** à la **2e personne du singulier**.

  reis**en** *(voyager)* : ich reis**e**, du reis**t**, er/sie/es reis**t**

  tanz**en** *(danser)* : ich tanz**e** , du tanz**t**, er/sie/es tanz**t**

  küss**en** *(embrasser)* : ich küss**e** , du küss**t** , er/sie/es küss**t**

JE M'ENTRAÎNE Corrigés page 162

1 Hallo, ich … in Hamburg. (wohnen)

a wohnt b wohnst c wohne

2 Und du? Wo … du? (wohnen)

a wohne b wohnst c wohnt

3 Maria und Inga … Cola. (kaufen)

a kauft b kaufen c kaufst

4 Du … Musik. (hören)

a hörst b hören c hört

5 Wir … Deutsch in der Schule. (lernen)

a lernt b lerne c lernen

6 Was … du heute Nachmittag? (machen)

a machst b macht c mache

7 Ihr … in Deutschland. (leben)

a lebe b lebst c lebt

8 Meine beste Freundin Lisa … gern Hip Hop. (tanzen)

a tanze b tanzt c tanzen

vocabulaire

kaufen: acheter

hören: écouter

leben: vivre

5 La place du verbe dans la phrase déclarative

JE RETIENS

Dans une phrase déclarative, le **verbe conjugué** se place **toujours en deuxième position**.

Voici quelques exemples :

<table>
<tr><th>Position n°1</th><th>V2</th><th></th></tr>
<tr><td>Heute</td><td>gehen</td><td>wir ins Konzert.</td></tr>
<tr><td colspan="3">Aujourd'hui, nous allons au concert.</td></tr>
<tr><td>Meine Mutter</td><td>ist</td><td>40 Jahre alt.</td></tr>
<tr><td colspan="3">Ma mère a 40 ans.</td></tr>
<tr><td>Ich</td><td>habe</td><td>Hunger.</td></tr>
<tr><td colspan="3">J'ai faim.</td></tr>
<tr><td>Im Sommer</td><td>fahren</td><td>wir nach Italien.</td></tr>
<tr><td colspan="3">En été, nous allons en Italie.</td></tr>
<tr><td>In Berlin</td><td>können</td><td>die Touristen das Brandenburger Tor sehen</td></tr>
<tr><td colspan="3">À Berlin, les touristes peuvent voir la Porte de Brandebourg.</td></tr>
</table>

JE FAIS ATTENTION

La phrase peut commencer par un sujet, un adverbe, un complément circonstanciel de temps, de lieu, etc. Cependant, le verbe conjugué occupe toujours la deuxième position (= **V2**).

JE M'ENTRAÎNE Corrigés page 163

1. Heute Nachmittag spielen wir Tennis.
   [a] richtig [b] falsch

2. Meine Eltern fahren mit dem Zug nach München.
   [a] richtig [b] falsch

3. In den Ferien wir sind nach Paris gefahren.
   [a] richtig [b] falsch

4. Um 14 Uhr ich komme zu dir.
   [a] richtig [b] falsch

5. Die Schüler machen einen Ausflug in die Alpen.
   [a] richtig [b] falsch

6. In der Schule die Schüler dürfen das Handy nicht benutzen.
   [a] richtig [b] falsch

7. Wir warten auf den Bus.
   [a] richtig [b] falsch

8. Käse mag ich nicht.
   [a] richtig [b] falsch

vocabulaire

der Zug: le train

der Ausflug: l'excursion

das Handy: le téléphone portable

der Käse: le fromage

6 Les pronoms interrogatifs

JE RETIENS

Les **pronoms interrogatifs** permettent de poser une question afin d'obtenir un renseignement précis.

Wer? *(qui)*	porte sur l'identité d'une personne	Wer ist das? *Qui est-ce ?*
Was? *(que/ quoi)*	porte sur une chose, une action	Was machst du denn? *Qu'est-ce que tu fais ?*
Wie? *(comment)*	porte sur la manière	Wie geht's dir? *Comment vas-tu ?*
Wann? *(quand)*	porte sur le temps	Wann hast du Geburtstag? *C'est quand ton anniversaire ?*
Warum? *(pourquoi)*	porte sur la cause	Warum bis du traurig? *Pourquoi es-tu triste ?*
Wo? *(où)*	porte sur le lieu (localisation)	Wo wohnst du? *Où habites-tu ?*
Woher? *(d'où)*	porte sur le lieu (provenance)	Woher kommt Tino? *D'où vient Tino ?*
Wohin? *(où)*	porte sur le lieu (direction)	Wohin gehst du? *Où vas-tu ?*

JE FAIS ATTENTION

Le pronom interrogatif **wie** peut être utilisé avec un adjectif :

Wie alt?	porte sur l'âge	Wie alt ist deine Schwester? *Quel âge a ta sœur ?*
Wie groß?	porte sur la taille	Wie groß bist du? *Quelle taille fais-tu ?*
Wie hoch?	porte sur la hauteur	Wie hoch ist der Fernsehturm? *Combien mesure la tour de la Télévision ?*

- En anglais, les mots interrogatifs commencent par *Wh* (sauf *How*). En allemand, ils commencent tous par **W**. On appelle « **W-Fragen** » les questions posées avec ces mots interrogatifs.

JE M'ENTRAÎNE Corrigés page 163

1 … kommen Sie, Frau Schuster? Aus Deutschland oder aus Österreich?

a Wie b Wo c Woher

2 … hast du Mathe? Am Montag oder am Dienstag?

a Was b Wann c Wie

3 … ist dieses Mädchen? Deine Kusine?

a Wer b Was c Wie

4 … weinst du denn?

a Wann b Wie oft c Warum

5 Guten Tag, Herr Weber! …geht es Ihnen?

a Wie b Was c Wohin

6 … treffen wir uns? Im Park oder bei dir?

a Wohin b Wo c Woher

7 … alt ist deine Mutter?

a Was b Wer c Wie

8 … machst du heute Abend?

a Was b Wann c Wo

vocabulaire

weinen: pleurer

treffen: rencontrer

heute Abend: ce so r

7 Le verbe haben au présent

JE RETIENS

Le verbe **haben** *(avoir)* permet d'exprimer **ce que l'on possède**. Seules **les 2e et 3e personnes du singulier** ont une **forme irrégulière**. Comme pour le verbe **sein** *(être)*, il faut apprendre sa conjugaison par cœur. **Haben**, comme **sein**, sont aussi des **auxiliaires**.

Sie **hat** eine Katze.
Elle a un chat.

Wir **haben** ein schönes Haus.
Nous avons une belle maison.
Sie **haben** ein großes Auto.
Ils ont une grande voiture.

	haben
ich	hab**e**
du	**hast**
er/sie/es	**hat**
wir	hab**en**
ihr	hab**t**
sie	hab**en**

JE FAIS ATTENTION

Pour **exprimer son âge** en allemand, **on n'utilise jamais** le verbe **haben** *(avoir)* mais, comme en anglais, le verbe **sein** *(être)*.

Wie alt **sind** deine Eltern? Sie **sind** beide 40 Jahre alt.
Quel âge ont tes parents ? Ils ont tous les deux 40 ans.

JE M'ENTRAÎNE Corrigés page 163

1 Ich … einen Bruder und zwei Schwestern.

a hast b habe c haben

2 Und du? … du Geschwister?

a habe b hat c hast

3 Meine Freunde und ich … die gleichen Hobbys.

a haben b habe c habt

4 Wann … wir Ferien?

a habt b haben c hat

5 Tina … zwei Hobbys: Musik und Tennis.

a hast b habe c hat

6 Oma und Opa … ein schönes Haus auf dem Land.

a haben b hat c habt

7 … ihr am Samstag Fußballtraining?

a hat b haben c habt

8 Mama, wann essen wir? Ich … richtig Hunger!

a hast b habe c haben

vocabulaire

die Geschwister: les frères et sœurs

gleich: (ici) même

die Ferien: les vacances

auf dem Land: à la campagne

8 Les verbes forts au présent

JE RETIENS

Les **verbes forts** sont des verbes qui peuvent avoir au **présent** une conjugaison **irrégulière**. Nous les distinguerons des verbes faibles (réguliers) à l'aide d'un astérisque : *.

Il existe 3 types de verbes forts :

- les verbes forts qui ont une conjugaison régulière au présent (mais irrégulière au passé)
- les verbes forts en **a**
- les verbes forts en **e**

Pour les verbes forts en **a** et en **e**, la **voyelle du radical change à la 2e et 3e personne du singulier.**

Les terminaisons au présent sont les mêmes que pour les verbes faibles.

	kommen*	verbes forts en **a** fahren* (**ä**)	verbes forts en **e** essen* (**i**)	verbes forts en **e** sehen* (**ie**)
ich	komme	fahre	esse	sehe
du	kommst	fährst	isst	siehst
er/sie/es	kommt	fährt	isst	sieht
wir	kommen	fahren	essen	sehen
ihr	kommt	fahrt	esst	seht
sie	kommen	fahren	essen	sehen

JE FAIS ATTENTION

Il faut **mémoriser** systématiquement le **changement de voyelle** des verbes forts. (apprendre par cœur la conjugaison de la **3e personne du singulier**). Une liste des principaux verbes forts vus au collège figure en fin d'ouvrage.

schlafen* *(dormir)* er schltäft
tragen* *(porter)* er trägt
fallen* *(tomber)* er fällt
lassen* *(laisser)* er lässt
lesen* *(lire)* er liest

geben* *(donner)* er gibt
vergessen* *(oublier)* er vergisst
helfen* *(aider)* er hilft
sprechen* *(parler)* er spricht
fern/sehen* *(regarder la télé)* er sieht … fern

JE M'ENTRAÎNE *Corrigés page 164*

1 Am Wochenende ... mein Bruder lange. (schlafen*)

a schläft   b schlaft   c schlafen

2 Ich ... heute Abend ins Kino. (gehen*)

a gehen   b gehe   c geht

3 Was ... du gern zum Frühstück? (essen*)

a isst   b esst   c esse

4 Mein Bruder ... ein interessantes Buch. (lesen*)

a lest   b lese   c liest

5 Meine Eltern ... gern Kaffee. (trinken*)

a trinkt   b trinke   c trinken

6 ... ihr am Abend fern? (sehen*)

a Seht   b Sieht   c Siehst

7 Du ... aber gut Deutsch. (sprechen*)

a sprecht   b spricht   c sprichst

8 Im Winter ... Jakob gern Ski. (fahren*)

a fährt   b fahrt   c fahre

vocabulaire

das Frühstück: le petit déjeuner

trinken: boire

der Winter: l'hiver

9 L'article indéfini dans le groupe nominal sujet et COD

JE RETIENS

Nous avons vu dans la première fiche qu'il existe trois genres en allemand, et de ce fait trois articles définis : der /die / das et **die** au pluriel.

On utilise **l'article indéfini** ein / eine / ein devant un **nom commun singulier** pour parler d'une personne ou d'une chose qui n'est pas connue ou identifiée.

Was ist das? Das ist ein Kuli. / Das ist eine Schere. / Das ist ein Buch.

Qu'est-ce que c'est ? C'est un stylo. / C'est une paire de ciseaux. / C'est un livre.

JE FAIS ATTENTION

En allemand, on n'exprime pas **l'article indéfini pluriel « des »**. C'est ce que l'on appelle **l'article zéro ou Ø** (voir fiche 19).

Ich kaufe Ø Bücher.

J'achète ***des*** *livres.*

Zu Hause haben wir Ø Hunde und Ø Katzen.

À la maison, nous avons ***des*** *chiens et* ***des*** *chats.*

POUR EN SAVOIR PLUS

L'article indéfini a une forme différente selon que le groupe nominal auquel il appartient est **sujet** ou **COD** :

	masculin	féminin	neutre	pluriel
GN sujet	ein Kuli	eine Schere	ein Buch	Ø **Bücher**
GN COD	einen Kuli	eine Schere	ein Buch	Ø **Bücher**

In meinem Mäppchen habe ich einen Kuli, eine Schere, ein Lineal und Ø Buntstifte.

Dans ma trousse, j'ai un stylo, une paire de ciseaux, une règle et des crayons de couleur.

JE M'ENTRAÎNE Corrigés page 164

1 Ich habe … Bruder.

a ein b eine c einen

2 Wir haben Post. Es ist … Postkarte aus Berlin.

a eine b ein c einen

3 Am Samstagnachmittag ist … Basketballspiel in der Sporthalle.

a ein b eine c einen

4 Hast du … Haustiere?

a ein b ø c einen

5 Habt ihr … Pläne für die Sommerferien?

a ein b eine c ø

6 Mein Bruder trägt … blauen Pullover.

a ein b einen c ein

7 … Kilo Äpfel kostet 2,50€.

a eine b einen c ein

8 Guck mal! Ich habe … neue Jeansjacke!

a ein b eine c einen

vocabulaire

die Post: le courrier

das Haustier: l'animal de compagnie

die Jeansjacke: la veste en jean

10 Le pluriel des noms

JE RETIENS

Le **pluriel des noms** varie en fonction du **genre** (masculin, féminin et neutre).

Au pluriel, **l'article défini** n'a qu'**une seule forme pour les 3 genres** : **die** *(les)*.

der Schüler *(l'élève)*	**die** Schüler *(les élèves)*
die Schultasche *(le cartable)*	**die** Schultaschen *(les cartables)*
das Mäppchen *(la trousse)*	**die** Mäppchen *(les trousses)*

En allemand le pluriel ne suivant pas une règle unique, **il faut mémoriser un nom avec son article (genre) et son pluriel**.

Quelques règles :

- Les **noms masculins** qui n'ont qu'**une seule syllabe** forment leur pluriel en ajoutant **-e** ou **-¨e**
  der Hund **die** Hunde *(les chiens)* der Sohn **die** Söhne *(les fils)*
- La plupart des **noms féminins** forment leur pluriel en ajoutant **-n** ou **-en** :
  die Lampe **die** Lampen *(les lampes)* die Frau **die** Frauen *(les femmes)*
- Les **noms neutres** se terminant par **-en** ne changent pas au pluriel :
  das Meerschweinchen **die** Meerschweinchen *(les cochons-d'Inde)*

Ceux qui n'ont qu'**une seule syllabe** forment leur pluriel en ajoutant **-er** ou **-¨er**
das Kind **die** Kinder *(les enfants)* das Buch **die** Bücher *(les livres)*

D'autres forment leur pluriel en ajoutant **-e**
das Regal **die** Regale *(les étagères)*

JE FAIS ATTENTION

Certains mots s'utilisent **toujours** au pluriel :

die Leute *les gens*
die Eltern *les parents*
die Geschwister *les frères et sœurs*

JE M'ENTRAÎNE Corrigés page 164

1 Wir haben drei … zu Hause.

a Katze b Kätze c Katzen

2 In meiner Schultasche habe ich vier …

a Heft b Hefte c Heften

3 Haben Sie … Frau Meyer ?

a Kinder b Kind c Kindern

4 Meine … sind sehr sympathisch.

a Freund b Freunde c Freunden

5 Zu Weihnachten habe ich viele … bekommen.

a Geschenk b Geschenken c Geschenke

6 Die … kosten 2,50€.

a Äpfel b Apfel c Äpfeln

7 Der Film dauert zwei …

a Stunden b Stunde c Stünde

8 Wir verbringen ein paar … in Berlin.

a Tag b Tage c Tagen

vocabulaire

die Schultasche: le cartable
das Heft: le cahier
das Geschenk: le cadeau
bekommen*: recevoir

11 La négation avec nicht

JE RETIENS

On utilise la **négation** lorsqu'on veut nier la phrase dans sa totalité (négation globale) ou seulement un mot ou un groupe de mots (négation partielle).

- Lorsque la **négation** est **partielle**, **nicht** se place directement **devant** l'élément que l'on veut nier.

  Ich will **nicht** das blaue T-Shirt kaufen, sondern das rote.

  Je ne veux pas acheter le tee-shirt bleu mais le rouge.

- Lorsque la **négation** est **globale**, **nicht** se place en général **à la fin de la phrase**.

  Wo ist Tina? Ich sehe sie **nicht**. *Où est Tina ? Je ne la vois pas.*

  Ich kaufe dieses Buch **nicht**. *Je n'achète pas ce livre.*

- Dans les autres cas, **nicht** se place **devant** les éléments suivants :

- le GN défini

Sind das deine Schuhe? - Nein, das sind **nicht** meine Schuhe.

Est-ce que ce sont tes chaussures ? - Non, ce ne sont pas mes chaussures.

- l'adjectif

Findest du das Buch interessant? - Nein, ich finde das Buch **nicht** interessant.

Trouves-tu le livre intéressant ? Non, je ne trouve pas le livre intéressant.

- l'adverbe

Spielst du gern Tennis? - Nein, ich spiele **nicht** gern Tennis.

Aimes-tu jouer au tennis ? - Non, je n'aime pas jouer au tennis.

- le groupe prépositionnel

Wir haben Ferien. Wir gehen **nicht** in die Schule.

Nous sommes en vacances. Nous n'allons pas à l'école.

JE FAIS ATTENTION

Cependant, on peut trouver d'autres éléments après la négation **nicht** :

- la particule d'un verbe

  Ich komme **nicht** mit. *Je ne viens pas.*

- un complément directement lié au verbe (ex : Handball spielen)

  Ich spiele **nicht** Handball. *Je ne joue pas au handball.*

- un infinitif

  Ich will die Pizza **nicht** essen. *Je ne veux pas manger la pizza.*

JE M'ENTRAÎNE Corrigés page 165

1. Kinder essen nicht gern Spinat.
   a korrekt b nicht korrekt

2. Wir gehen heute ins Kino nicht.
   a korrekt b nicht korrekt

3. Der Schokoladenkuchen schmeckt nicht gut.
   a korrekt b nicht korrekt

4. Der Film ist nicht interessant.
   a korrekt b nicht korrekt

5. Mein Nachbar ist sympathisch nicht.
   a korrekt b nicht korrekt

6. Ich mache das Fenster nicht auf.
   a korrekt b nicht korrekt

7. Die Schüler fahren nach Deutschland nicht.
   a korrekt b nicht korrekt

8. Das sind meine Bücher nicht.
   a korrekt b nicht korrekt

vocabulaire

Spinat:
les épinards

der Schokoladenkuchen:
le gâteau au chocolat

das Fenster auf/machen:
ouvrir la fenêtre

12 Dire ce que l'on aime à l'aide du verbe mögen

JE RETIENS

- Le verbe **mögen** sert à exprimer **ce que l'on aime**. Au **présent**, il a une conjugaison **irrégulière** aux **trois premières personnes du singulier**. La **voyelle du radical change** et il n'y a **pas de terminaison à la 1re et 3e personne du singulier**. Il est très souvent suivi d'un groupe nominal.

	mögen (*aimer*)
ich	m**a**g **Ø**
du	m**a**gst
er/sie/es	m**a**g **Ø**
wir	mögen
ihr	mögt
sie	mögen

Ich mag schwarze Schokolade.
J'aime le chocolat noir.

Magst du Mathe?
Aimes-tu les maths ?

- Associé à la négation **nicht** ou **kein** (voir fiche 15), il permet d'exprimer **ce que l'on n'aime pas**.

Ich mag die Schule nicht.
Je n'aime pas l'école.

Ich mag keinen Kaffee.
Je n'aime pas le café.

JE FAIS ATTENTION

- Pour dire que **l'on aime faire quelque chose**, on préfèrera l'emploi de **l'adverbe gern** directement après le verbe conjugué. Cependant la structure **mögen** + verbe à l'infinitif est tolérée.

verbe conjugué + gern

Ich spiele **gern** Fußball. = Ich mag Fußball spielen.
J'aime jouer au football.

JE M'ENTRAÎNE Corrigés page 165

1 Lisa und ihre Familie ... Tiere.

[a] mag [b] mögt [c] mögen

2 ... du Tee oder trinkst du lieber Kaffee?

[a] Mögt [b] Mag [c] Magst

3 Physik finde ich langweilig. Ich ... dieses Fach nicht.

[a] mag [b] magst [c] mögen

4 Meine Eltern .... klassische Musik.

[a] mögt [b] mögen [c] mag

5 Mein Bruder ist ein echter Fußballfan. Er ... FC-Bayern sehr!

[a] mag [b] magst [c] mögt

6 ... ihr Sport?

[a] Mögen [b] Mögt [c] Magst

7 Ich ... die neue Mathelehrerin. Sie ist sehr nett.

[a] mögt [b] möge [c] mag

8 Meine Austauschpartnerin ... Frankreich und die französische Kultur.

[a] mag [b] möge [c] mögt

vocabulaire

lieber:
(ici) plutôt

langweilig:
ennuyeux(-euse)

Das Fach:
la matière scolaire

die Austauschpartnerin:
la correspondante

13 Les déterminants possessifs dans le groupe nominal sujet et COD

JE RETIENS

- Les **déterminants possessifs** se placent **devant le nom** et expriment la possession. Ils se comportent comme l'article indéfini **ein** et peuvent prendre une marque selon **le genre**, **le nombre** et **la fonction** du groupe nominal.

  Das ist **meine** Familie. **Meine** Mutter heißt Steffi und **mein** Vater heißt Paul.
  Voici ma famille. Ma mère s'appelle Steffi et mon père s'appelle Paul.

Possesseur	GN sujet masculin	GN COD masculin
ich	**mein** Bruder	**mein**en Bruder
du	**dein** Bruder	**dein**en Bruder
er sie	**sein** Bruder **ihr** Bruder	**sein**en Bruder **ihr**en Bruder
wir	**unser** Bruder	**unser**en Bruder
ihr	**euer** Bruder	**eur**en Bruder
sie (pluriel)	**ihr** Bruder	**ihr**en Bruder

- Au **féminin singulier** et au **pluriel**, la marque du déterminant possessif est la même : -e (que ce soit dans un GN sujet ou COD).

  Meine Schwester ist 12 Jahre alt. *Ma soeur a 12 ans.*

  Meine Freunde sind sehr nett. *Mes amis sont très gentils.*

  Ich treffe **meine** Freunde im Park *Je retrouve mes amis au parc.*

- Devant des noms **neutres**, le déterminant possessif ne prend **pas de marque**.

  das Baby: *le bébé*

  Sein Baby ist 6 Monate alt. *Son bébé a 6 mois.*

  Ich passe auf **mein** Baby auf. *Je m'occupe de mon bébé.*

JE FAIS ATTENTION

- Comme en anglais, à la 3e personne du singulier, il faut se demander si le possesseur est un garçon ou une fille.

Si le possesseur est masculin on utilise sein.
sein Hund / seine Katze
Son chien (à lui) / son chat (à lui)

Si le possesseur est féminin, on utilise ihr
ihr Hund / ihre Katze
Son chien (à elle) / son chat (à elle)

- Lorsque le déterminant possessif **euer** prend la marque **e** ou **en**, il perd le « e » qui précède le « r ».

  Euer Hund ist süß. *Votre chien est mignon.*

  Ich finde **euren** Hund süß. *Je trouve votre chien mignon.*

JE M'ENTRAÎNE *Corrigés page 165*

1 Anna, komm! Nimm … Fahrrad! Wir machen eine Radtour.

a dein b deine c deinen

2 Lukas liest gern Romane. … Lieblingsroman ist Harry Potter.

a Seinen b Ihren c Sein

3 Im Sommer fahren wir nach Deutschland und … Kinder kommen auch mit.

a unser b unsere c unseren

4 Anja ! Paul! Kommt und nehmt bitte … Bücher mit!

a euer b eueren c eure

5 Herr und Frau Schmidt parken … Auto vor dem Park.

a ihr b ihre c sein

6 Mama, wo ist denn … Schultasche? Ich finde sie nicht!

a meinen b meine c mein

7 Jonas sucht … Ball. Er möchte Fußball spielen.

a seinen b sein c ihr

8 Ich weiß nicht, wo Vanessa wohnt. Kannst du mir bitte … Adresse geben?

a seine b deine c ihre

vocabulaire

das Fahrrad: le vélo

der Ball: le ballon

das Auto: la voiture

14 Exprimer l'appartenance à l'aide du génitif saxon

JE RETIENS

- Le **génitif saxon** sert à exprimer **l'appartenance** et s'utilise avec des **noms propres**. On ajoute alors un **s** au nom propre.

  Maria**s** Kusin wohnt in Leipzig.
  Le cousin de Maria habite à Leipzig.

  Tom**s** Katze ist schwarz.
  Le chat de Tom est à noir.

- Si le prénom ou le nom se termine par un **-s**, **-x** ou **-z**, on ajoute, à l'écrit, une **apostrophe**.

  Markus**'** Austauschpartner heißt Simon.
  Le correspondant de Markus s'appelle Simon.

JE FAIS ATTENTION

Lorsque l'on utilise le génitif saxon, **il ne faut pas mettre de déterminant** devant la chose possédée.

Ø Julias Freundin *l'amie de Julia*

et non

~~die~~ Julias Freundin

POUR EN SAVOIR PLUS

On peut également exprimer l'appartenance avec la construction **GN + von + nom propre** :

Die Katze **von** Tom ist schwarz.
Le chat de Tom est noir.

Der Austauschpartner **von** Markus heißt Simon.
Le correspondant de Markus s'appelle Simon.

JE M'ENTRAÎNE Corrigés page 166

1 … Mathelehrerin ist sehr cool.

a Felix   b Felixs   c Felix'

2 Wir haben … Telefonnummer nicht.

a Vanessa   b Vanessa'   c Vanessas

3 … Eltern organisieren eine Strandparty.

a Jonas'   b Jonas   c Jonas' s

4 Am Samstagnachmittag gehe ich mit … Freunde ins Kino.

a Moritzes   b Moritzs   c Moritz'

5 Das ist … Auto.

a Erika   b Erika's   c Erikas

6 … Deutschbuch liegt auf dem Schreibtisch.

a Phillip   b Phillips   c Philipp'

7 Hast du …. Katze gesehen?

a Lukas'   b Lukas   c Luka' s

8 Ich spiele mit … Schwester Tennis.

a Kirsten   b Kirstens   c Kirsten'

vocabulaire

der Strand:
la plage
liegen*:
se trouver

15 La négation avec kein

JE RETIENS

- Pour exprimer la **négation** dans une phrase, on utilise **kein** si cette **négation** porte sur un **GN indéfini** ou sur un **nom** qui s'emploie **sans déterminant** (c'est-à-dire pour exprimer une quantité indénombrable).

Ich habe einen Bruder - Ich habe **keinen** Bruder.
J'ai un frère. - Je n'ai pas de frère.

Frau Schmidt hat Kinder. - Frau Schmidt hat **keine** Kinder.
Madame Schmidt a des enfants. - Madame Schmidt n'a pas d'enfant.

Wir haben **keine** Milch.
Nous n'avons pas de lait.

Hast du Hunger ? Nein, ich habe **keinen** Hunger.
As-tu faim ? Non, je n'ai pas faim.

Il existe donc **deux négations** en allemand : **kein** et **nicht** :

Kein pour nier un GN indéfini ou sans déterminant, **nicht** dans tous les autres cas.

JE FAIS ATTENTION

Kein se comporte comme l'article indéfini **ein** et **s'accorde** donc avec le nom auquel il se rapporte.

Ist das **ein** Füller? Nein, das ist **kein** Füller, das ist ein Kugelschreiber.
Est-ce un stylo plume ? Non, ce n'est pas un stylo plume, c'est un stylo à bille.

Hast du **einen** Füller? Nein, ich habe **keinen** Füller.
As-tu un stylo plume ? Non, je n'ai pas de stylo plume.

JE M'ENTRAÎNE Corrigés page 166

1 Ich habe … Lust, heute ins Kino zu gehen.

a nicht   b keine   c keinen

2 Meine Eltern haben … Auto.

a kein   b keine   c nicht

3 Möchtest du etwas trinken? Nein, danke! Ich habe …Durst.

a nicht   b keine   c keinen

4 Zu Hause haben wir … Computer.

a keinen   b keine   c kein

5 Judith möchte gern Tennis spielen, aber sie hat … Tennisschläger.

a keine   b keinen   c nicht

6 Meine Freunde bekommen … Taschengeld.

a keine   b nicht   c kein

7 Die Schüler stellen … Fragen. Sie haben alles verstanden.

a kein   b keine   c nicht

8 Ich nehme … Milch zum Kaffee.

a nicht   b kein   c keine

vocabulaire

Lust haben:
avoir envie

Durst haben:
avoir soif

das Taschengeld:
l'argent de poche

16 Les verbes à particule séparable au présent

JE RETIENS

Il existe un certain nombre de verbes qui se construisent avec une **particule séparable**. À l'infinitif, cette particule est collée à la base verbale et de ce fait change le sens initial du verbe. Lorsque le verbe est **conjugué**, la **particule se détache de la base verbale** et **se place à la fin de la phrase**.

machen *faire* — **auf**machen *ouvrir*
sehen* *voir* — **fern**sehen* *regarder la télévision*
fangen* *attraper* — **an**fangen* *commencer*

Ich **mache** die Tür **auf**. *J'ouvre la porte.*

Heute Abend **sehe** ich mit meinen Eltern **fern**.
Ce soir, je regarde la télé avec mes parents.

Der Film **fängt** um 20 Uhr **an**. *Le film commence à 20 heures.*

	aufmachen (verbe faible)	**fern**sehen* (verbe fort en e)	**an**fangen* (verbe fort en a)
ich	mache .... auf	sehe .... fern	fange .... an
du	machst .... auf	siehst .... fern	fängst .... an
er/sie/es	macht ...auf	sieht .... fern	fängt .... an
wir	machen .... auf	sehen ...... fern	fangen .... an
ihr	macht .... auf	seht .... fern	fangt .... an
sie	machen ... auf	sehen .... fern	fangen .... an

Les verbes à particule séparable sont comme les verbes à partir desquels ils sont formés : faibles ou forts. Leur conjugaison au présent reste donc inchangée.

JE FAIS ATTENTION

Voici les principales particules séparables :

ab- / **an-** / **auf-** / **aus-** / **bei-** / **mit-** / **vor-** / **nach-** / **zu-** / **zurück-**

Attention à ne pas les confondre avec les verbes dont le **préfixe** commence par : **ge-** / **miss-** / **zer-** / **be-** / **er-** /**ent-** / **emp-** / **ver-** : ces préfixes sont **inséparables**.

In den Ferien **be**suche ich meine Großeltern.
Pendant les vacances, je rends visite à mes grands-parents.

Lorsqu'un **verbe à particule séparable** est employé **à l'infinitif**, la **particule** reste **accolée** au verbe et celui-ci se place à la **fin de la phrase**.

Ich muss heute um 6 Uhr **aufstehen***. *Aujourd'hui, je dois me lever à 6 heures.*

JE M'ENTRAÎNE

Corrigés page 166

1 Ich ..... jeden Tag um 7Uhr .... (aufstehen*)

[a] aufstehe ... Ø [b] stehe ... auf [c] auf ... stehe

2 Die Schüler ... den Text nicht .... (verstehen*)

[a] verstehen ... Ø [b] stehen ... ver [c] versteht ... Ø

3 Die Touristen ... aus dem Zug .... (aussteigen*)

[a] aussteigen ... Ø [b] steigenaus ... Ø [c] steigen ... aus

4 Du ... im Supermarkt .... (einkaufen)

[a] kaufst ... ein [b] einkaufst ... Ø [c] ein ... kaufst

5 Die neue Schülerin ... sich in der Klasse .... (sich vorstellen)

[a] vorstellt ... [b] vor ...stellt [c] stellt ... vor

6 Wann ...er nach Hause ...? (zurückkommen*)

[a] zurückkommt ... Ø [b] kommt ... zurück
[c] kommen zurück ... Ø

7 Ihr ... eure Großeltern .... (anrufen*)

[a] anruft ... Ø [b] rufen ...an [c] ruft ... an

8 Der Lehrer ... den Kindern eine Geschichte .... (erzählen)

[a] erzählt ... Ø [b] erzählen ... Ø [c] er ... zählt

vocabulaire

auf/stehen*: se lever
verstehen*: comprendre
aus/steigen*: descendre
ein/kaufen: faire les courses
sich vor/stellen: se présenter
zurück/kommen*: revenir
an/rufen*: téléphoner
eine Geschichte erzählen: raconter une histoire

17 Le groupe nominal COD

JE RETIENS

Le **groupe nominal** occupe différentes **fonctions** dans la phrase. Il peut être par exemple **sujet** ou complément d'objet direct (**COD**).

Der Hund ist süß. *Le chien est mignon.*

GN Sujet

Ich sehe den Hund im Garten. *Je vois le chien dans le jardin.*

GN COD

- **La fonction sujet** ou **attribut du sujet** est désignée en allemand par **le nominatif**.
- **La fonction COD** est désignée par **l'accusatif**.

	Masculin	Féminin	Neutre	**Pluriel**
Sujet / Attribut du sujet = **Nominatif**	der Hund	die Katze	das Meerschweinchen	**die** Hunde / **die** Katzen / **die** Meerschweinchen
COD = **Accusatif**	den Hund	die Katze	das Meerschweinchen	**die** Hunde / **die** Katzen / **die** Meerschweinchen

Seul le **GN masculin change** lorsqu'il a la fonction de **COD** : le déterminant der devient den.

POUR EN SAVOIR PLUS

Certaines **prépositions** s'utilisent **toujours** avec **l'accusatif** :

durch *à travers, par*

ohne *sans*

für *pour*

um *autour de*

gegen *contre*

Das Heft ist für den Schüler. *Le cahier est pour l'élève.*

JE M'ENTRAÎNE *Corrigés page 166*

1 Hast du … Roman gelesen?

a die   b den   c der

2 Ich suche … Bank aber ich finde sie nicht.

a der   b das   c die

3 Wir sollen … Übung machen.

a den   b die   c das

4 Die Kinder laufen um … Baum (herum).

a den   b das   c der

5 Die Bonbons sind für … Kinder.

a der   b das   c die

6 Erika braucht … Taschenrechner für den Matheunterricht.

a den   b der   c das

7 Gib mir bitte … Heft!

a die   b das   c den

8 Jörg findet … Hundebaby im Tierheim.

a den   b die   c das

vocabulaire

der Baum: l'arbre

der Taschenrechner: la calculatrice

der Matheunterricht: le cours de maths

das Tierheim: le refuge

18 Les pronoms personnels COD (à l'accusatif)

JE RETIENS

Les **pronoms personnels compléments** (**à l'accusatif**) servent à remplacer les groupes nominaux COD et à éviter les répétitions.

Ich hole meine beste Freundin ab.

Je vais chercher ma meilleure amie.

Ich hole sie ab.

Je vais la chercher.

Du suchst deinen Rucksack aber du findest ihn nicht.

Tu cherches ton sac à dos mais tu ne le trouves pas.

	Pronom personnel sujet	Pronom personnel COD
1re pers. du singulier	ich	**mich**
2e pers.du singulier	du	**dich**
3e pers. du singulier	er sie es	**ihn** **sie** **es**
1re pers. du pluriel	wir	**uns**
2e pers. du pluriel	ihr	**euch**
3e pers. du pluriel	sie	**sie**

JE FAIS ATTENTION

On peut également employer un pronom personnel complément avec les **prépositions toujours suivies de l'accusatif** (voir fiche 17).

Ist das Geschenk **für mich**? Ja, es ist **für dich**!

Est-ce que le cadeau est pour moi ? Oui, il est pour toi !

Meine Eltern sind nicht zu Hause. Ich darf nicht **ohne sie** ausgehen.

Mes parents ne sont pas à la maison. Je ne dois pas sortir sans eux.

JE M'ENTRAÎNE *Corrigés page 167*

1 Magst du meinen Rock? Ja, ich finde … super schön.

a sie b ihn c es

2 Gib mir bitte dein Lineal. Ich brauche ….

a es b sie c er

3 Wer ist diese Frau? Ich kenne … nicht.

a sie b es c ihn

4 Du nervst! Lass … bitte in Ruhe!

a du b er c mich

5 Das Paket ist für …

a ihr b uns c ich

6 Tina hat ihr Portemonnaie nicht. Sie hat … zu Hause vergessen.

a ihn b sie c es

7 Ich vermisse … sehr.

a du b dich c er

8 Der Journalist möchte … interviewen.

a euch b ich c ihr

vocabulaire

der Rock: la jupe	**vergessen*:** oublier
das Lineal: la règle	**vermissen:** manquer

19 L'article zéro

JE RETIENS

Lorsqu'un **nom** est utilisé dans une phrase **sans article défini ou indéfini**, on parle d'article zéro Ø. Cela est le cas :

- lorsque l'on désigne une **chose que l'on ne peut pas dénombrer** ou dont on ne veut pas préciser la quantité, ou s'il s'agit d'un **nombre indéfini d'éléments au pluriel**

  Ich habe Ø Hunger. *J'ai faim.*

  Trinkst du Ø Tee zum Frühstück? *Bois-tu du thé au petit déjeuner ?*

  Mein Bruder isst Ø Erdbeeren. *Mon frère mange des fraises.*

- lorsque l'on parle de **choses** ou de **personnes en général**

  Ø Franzosen und Ø Deutsche sind Freunde.
  Les Français et les Allemands sont amis.

- devant les **noms neutres de pays**

  Ø Frankreich *la France*, Ø Deutschland *l'Allemagne*,
  Ø Österreich *l'Autriche*, Ø Italien *l'Italie*

mais :

  die Schweiz *la Suisse*, die Niederlande *les Pays-Bas*

- devant les **titres** suivis d'un **nom propre** ou d'un **nom de famille**, devant **Herr** ou **Frau**

  Ist Ø Herr Doktor zu Hause? Ja, Ø Frau Müller.

  Le docteur est-il à la maison ? Oui, madame Müller.

- dans certaines **expressions** et **proverbes**

  Ø Hilfe! *À l'aide !*

  Von Ø Kopf bis Ø. Fuß *De la tête aux pieds.*

  Ø Feuer! *Au feu !*

JE FAIS ATTENTION

Dans une phrase négative, si la négation porte sur le groupe nominal sans déterminant, il faut utiliser la négation **kein** (voir fiche 15) :

  Hast du Ø Hunger? Nein, ich habe **keinen** Hunger.

  As-tu faim ? Non, je n'ai pas faim.

JE M'ENTRAÎNE Corrigés page 167

1 Mein Bruder isst immer … Müsli zum Frühstück.

a das b ein c Ø

2 Ich kann nicht mit dir kommen. Ich habe … Fahrrad.

a kein b das c Ø

3 Was ist dein Lieblingsessen? Das ist … Fisch mit Reis.

a den b Ø c einen

4 Was brauchst du für das Rezept? Ich brauche … Milch.

a Ø b die c eine

5 Berlin ist … schöne Stadt.

a die b eine c Ø

6 Möchtest du ein Glas … Wasser?

a das b kein c Ø

7 Emmas Vater arbeitet in … England.

a Ø b das c ein

8 Sprechen Sie … Deutsch?

a das b Ø c ein

vocabulaire

der Fisch: le poisson
der Reis: le riz
das Rezept: la recette
die Milch: le lait
die Stadt: la ville
das Glas: le verre
arbeiten: travailler

20 L'expression du souhait avec **ich möchte**

JE RETIENS

Le **verbe de modalité mögen**, qui signifie « aimer » (voir fiche 12), est souvent utilisé sous une autre forme, au **subjonctif**, pour exprimer **un souhait**. Cette forme correspond au **conditionnel présent** en français : **ich möchte** j'aimerais / je voudrais.

	mögen (*aimer*) **subjonctif**
ich	möchte
du	möchtest
er / sie / es	möchte
wir	möchten
ihr	möchtet
sie	möchten

JE FAIS ATTENTION

Dans cette construction, le verbe **mögen**, est souvent accompagné d'un verbe à l'infinitif qui se place à la fin de la phrase. Parfois cet infinitif peut être sous-entendu.

Ich **möchte** heute Abend ins Kino **gehen**.

J'aimerais aller au cinéma ce soir.

Möchtest du eine Cola (trinken)?

Voudrais-tu (boire) un coca ?

POUR EN SAVOIR PLUS

En allemand, il y a deux verbes pour dire « aimer » :

mögen = aimer (apprécier) et **lieben** = aimer

Lieben est plus fort et il est le plus souvent utilisé pour exprimer des sentiments amoureux.

Ich liebe dich.

Je t'aime.

JE M'ENTRAÎNE Corrigés page 167

1 Martina und Christian … Tennis spielen.

a möchte b möchtet c möchten

2 Ich … heute Abend ins Konzert gehen.

a möge b möchtest c möchte

3 … ihr im Sommer nach Spanien fahren?

a Möchtet b Möchte c Möchten

4 Jule … ein Eis essen.

a möchtet b möchten c möchte

5 … du eine Pizza mit oder ohne Schinken?

a Möchte b Möchtet c Möchtest

6 Wir … gern eine Reise auf Korsika machen.

a möchtet b möchten c möchte

7 Meine Schwester … ein Hundebaby haben.

a möchte b möchtet c möchtest

8 Herr Ober! Wir … bitte zahlen!

a möchtet b möchte c möchten

vocabulaire

das Eis: la glace

der Schinken: le jambon

Herr Ober!: Garçon ! *(dans un café)*

zahlen: payer

ohne: sans

21 Le verbe de modalité wollen

JE RETIENS

- Le **verbe de modalité wollen** signifie « vouloir ». Il se comporte comme le verbe de modalité **mögen** (voir fiche 12). Au **présent**, sa conjugaison est **irrégulière aux trois premières personnes du singulier**. La **voyelle du radical change** et il n'y a **pas de terminaison à la 1re et à la 3e personne du singulier**.

	wollen (vouloir)
ich	will Ø
du	willst
er/sie/es	will Ø
wir	wollen
ihr	wollt
sie	wollen

- Il est souvent accompagné d'un **verbe à l'infinitif** qui se place **à la fin de la phrase**.

Ich **will** ein Picknick **organisieren**. *Je veux organiser un pique-nique.*

verbe à l'infinitif

- À la différence de **mögen** et de sa forme **ich möchte** (voir fiche 20), **wollen** exprime une **volonté forte**, une **intention**, tandis que **möchte** indique un **souhait**, une **demande polie**.

Willst du ins Kino **gehen**?
Veux-tu aller au cinéma ?

Möchtest du ins Kino **gehen**?
Aimerais-tu aller au cinéma ?

JE FAIS ATTENTION

Wollen permet également d'indiquer un **futur proche** (*aller*).

Wir **wollen** jetzt arbeiten.
Nous allons travailler maintenant.

JE M'ENTRAÎNE *Corrigés page 168*

1 Diese Profisportler … an den Olympischen Spielen teilnehmen.

a wollen | b wollt | c will

2 Wo … du denn hin?

a will | b willst | c wollt

3 Meine Großeltern … am Samstag Abend in die Oper gehen.

a wollt | b will | c wollen

4 Ich bin so müde. Ich … jetzt ins Bett gehen.

a wollt | b will | c willst

5 … ihr eine Radtour machen?

a Wollt | b Wollen | c Will

6 Kristina … die neue CD von Cro kaufen.

a wollt | b willst | c will

7 Alex und ich … Musik hören.

a wollen | b wollt | c will

8 Zu Weihnachten … mein kleiner Bruder eine Spielkonsole haben.

a wollen | b wollt | c will

vocabulaire

die Profisportler: les sportifs professionnels

teil/nehmen*: participer

die Oper: l'opéra

die Radtour: le tour en vélo

22 Les verbes de modalité **können** et **dürfen**

JE RETIENS

Il existe en allemand **six verbes de modalité**. Nous en avons déjà vu deux : **mögen** (voir fiche 12) et **wollen** (voir fiche 21). Au **présent**, leur conjugaison est **irrégulière aux trois premières personnes du singulier**. La **voyelle du radical change** et il n'y a **pas de terminaison** à la **1re et 3e personne du singulier**.

	können (pouvoir)	dürfen (pouvoir= avoir le droit de ...)
ich	kann Ø	darf Ø
du	kannst	darfst
er/sie/es	kann Ø	darf Ø
wir	können	dürfen
ihr	könnt	dürft
sie	können	dürfen

- **Können** permet d'exprimer la **possibilité matérielle** et la **capacité physique** ou **intellectuelle** :

  Ich **kann** dich in den Ferien besuchen.

  Je peux te rendre visite pendant les vacances.

  Kannst du mir helfen? *Peux-tu m'aider ?*

  Du **kannst** eine Stunde lang laufen. *Tu peux courir pendant une heure.*

- **Dürfen** permet d'exprimer une **autorisation**. À la **forme négative**, il exprime une **interdiction** :

  Darf ich bitte das Fenster aufmachen?

  Puis-je ouvrir la fenêtre s'il vous plaît ?

  In der Schule **darfst** du nicht dein Handy benutzen.

  Tu ne dois pas utiliser ton téléphone portable à l'école.

  Hier **darf** man nicht rauchen. *Il est interdit de fumer ici.*

JE FAIS ATTENTION

Können peut également être utilisé pour exprimer que l'on **sait faire quelque chose**.

Meine kleine Schwester **kann** gut schwimmen. *Ma petite sœur sait bien nager.*

Kannst du Deutsch sprechen? *Sais-tu parler allemand ?*

JE M'ENTRAÎNE Corrigés page 168

1. Mama, … ich heute Abend ins Kino gehen?
   a kann   b darf   c darfst

2. Meine Austauschpartnerin … gut Französisch sprechen.
   a könnt   b darf   c kann

3. … ihr um 14Uhr da sein?
   a Kann   b Darf   c Könnt

4. Der Hund … nicht auf dem Bett schlafen.
   a darf   b dürft   c könnt

5. Wir … nicht zu dir kommen. Wir haben Handballtraining.
   a dürfen   b könnt   c können

6. Du … keinen Kaugummi im Unterricht kauen.
   a kannst   b darfst   c darf

7. Jan ist krank. Er … nicht in die Schule gehen.
   a könnt   b kann   c kannst

8. Tom ist 20 Jahre alt. Er … abends allein ausgehen.
   a darf   b könnt   c darfst

vocabulaire

der Kaugummi: le chewing-gum
kauen: mâcher
der Unterricht: le cours
krank: malade
allein: seul(e)

23 Les compléments de temps introduits par im / am / um

JE RETIENS

Les **compléments de temps** introduits par **im**, **am** et **um** donnent une indication temporelle précise.

- **im** s'emploie **devant les mois, les saisons, les années et les siècles** :

  Die Schule fängt **im September** an.

  L'école commence en septembre.

  Im Winter fahren wir gern Ski.

  Nous aimons faire du ski en hiver.

- **am** s'emploie **devant les jours de la semaine, les moments de la journée, une date** :

  Am Mittwoch habe ich keine Schule.

  Je n'ai pas école le mercredi.

  Am Morgen.

  Le matin.

  Am 14 Juli.

  Le 14 juillet.

Il existe une exception avec **die Nacht** (*la nuit*), **im** étant la contraction de **in + dem** :

  In der Nacht

  Dans la nuit, pendant la nuit.

- **um** s'emploie **devant** un **chiffre indiquant l'heure**.

  Der Unterricht beginnt **um 8 Uhr**.

  Le cours commence à 8 heures.

Tous ces compléments de temps répondent à la question **wann?** (*quand ?*)

JE FAIS ATTENTION

Les compléments de temps peuvent **occuper la première place dans la phrase. Le verbe conjugué** quant à lui se met **toujours en deuxième position**.

  Am Nachmittag habe ich keine Schule.

  L'après-midi, je n'ai pas école.

JE M'ENTRAÎNE Corrigés page 168

1 ... Samstagnachmittag spiele ich immer Fußball.

a Am   b Im   c Um

2 Wir fahren ... Sommer nach Südfrankreich.

a am   b im   c um

3 Ich habe ... 1. Mai Geburtstag.

a am   b im   c um

4 Der Zug kommt ... 17 Uhr 30 an.

a am   b im   c um

5 ... Jahre 2014 hat Deutschland die Fußballweltmeisterschaft gewonnen.

a Am   b Im   c Um

6 Du besuchst deine Freunde ... Wochenende.

a am   b im   c um

7 Der Wecker klingelt ... 6 Uhr morgens.

a am   b im   c um

8 Wir treffen uns morgen ... Viertel nach fünf.

a am   b im   c um

vocabulaire

die Fußballweltmeisterschaft: la coupe du monde de football

gewinnen* **(hat ...gewonnen):** gagner (a gagné)

der Wecker: le réveil

klingeln: sonner

sich treffen*: se retrouver

24 Dire l'heure

JE RETIENS

Au quotidien, on donne habituellement l'heure en utilisant les douze heures du cadran. Pour **l'heure pile**, on utilise **le nombre des heures** suivi ou non du mot **Uhr.**

Es ist **zwei Uhr** / Es ist **zwei**. *Il est deux heures.*

mais : Es ist **ein Uhr** / Es ist **eins**. *Il est une heure.*

- Au besoin, on peut **préciser** le **moment de la journée** à l'aide d'un adverbe : **morgens** (du matin) **nachmittags** (de l'après-midi), **abends** (du soir) :

Es ist 8 Uhr morgens. *Il est 8 heures du matin.*

- Lorsque **l'heure est commencée**, on exprime d'abord les minutes puis les heures. Entre **l'heure pile et vingt**, on utilise la préposition **nach**.

Es ist **zehn (Minuten) nach acht**. *Il est huit heures dix.*

Entre moins vingt et l'heure pile, on utilise la préposition **vor**.

Es ist **zwanzig (Minuten) vor sechs**. *Il est six heures moins vingt.*

- Pour les **quarts d'heure**, on emploie :

Viertel nach pour « et quart » :

Es ist **Viertel nach** sechs. *Il est six heures et quart.*

Viertel vor... pour « moins le quart » :

Es ist **Viertel vor** sechs. *Il est six heures moins le quart.*

- Pour **la demie**, on emploie **halb** en exprimant **l'heure pleine suivante**, contrairement au français. On n'utilise ni la préposition **vor** ni **nach**.

Es ist **halb sieben** *Il est* ***six*** *heures et demie.*

- Pour **« vingt-cinq »** et **« moins vingt-cinq »**, le point de départ ne sera plus l'heure pleine mais « la demie ».

fünf vor halb pour « vingt-cinq » (c'est à dire cinq minutes avant la demie)

fünf nach halb pour « moins vingt-cinq » (cinq minutes après la demie)

Es ist fünf vor halb zwei. *Il est une heure vingt-cinq.*
Es ist fünf nach halb zwei. *Il est deux heures moins vingt-cinq.*

- Pour dire « midi » on utilise **zwölf Uhr mittags** ou **Mittag**. Et pour dire minuit, on utilise **zwölf Uhr nachts** ou **Mitternacht**.

JE M'ENTRAÎNE Corrigés page 169

1 Ich muss morgen um halb acht aufstehen.

a 7:30 b 8:00 c 8:30

2 Meine Freundin holt mich um Viertel nach drei ab.

a 16:15 b 15:45 c 15:15

3 Um zwanzig vor zehn machen wir eine Pause.

a 9:20 b 9:40 c 10:20

4 Das Museum öffnet um zehn.

a 10:00 b 10:10 c 9:50

5 Um wie viel Uhr kommst du heute Abend? Um Viertel vor acht?

a 20:15 b 19:45 c 21:15

6 Ich muss spätestens um Mitternacht zu Hause sein.

a 12:00 b 00:00 c 00:30

7 Es ist fünf nach halb sieben. Du hast fünf Minuten Verspätung!

a 7:35 b 6:25 c 6:35

8 In den Ferien gehe ich um elf Uhr abends ins Bett.

a 11:00 b 12:00 c 23:00

vocabulaire

ab/holen: aller chercher

öffnen: ouvrir

spätestens: au plus tard

die Verspätung: le retard

25 Exprimer la date

JE RETIENS

- Pour exprimer **la date** en allemand, on utilise les nombres ordinaux.

On écrit :

Heute ist **der 18.** März 2020. *Aujourd'hui, nous sommes le 18 mars 2020.*

mais on dit, à l'oral : **der** + numéro du jour (nombre ordinal) auquel on ajoute **-te** ou **-ste** + le mois + l'année.

Heute ist der achtzehn**te** März zweitausendzwanzig.

- Quand on exprime la date (à l'écrit ou à l'oral), **la terminaison** du nombre ordinal **change** selon que l'on utilise **un article** ou **une préposition**.

Heute haben wir Montag, **den** 2. Oktober (= den zwei**ten** Oktober)
Ich habe **am** 11. Januar Geburtstag. (= am elf**ten** Januar)

- De **1 à 19**, les nombres ordinaux prennent la terminaison **-te(n) :**

À partir de 20, ils prennent la terminaison **-ste(n)**

- Exceptions :

der/ am **1.** Januar → der **erste** / am **ersten** Januar
der/ am **3.** Januar → der **dritte** / am **dritten** Januar
der/am **7.** Januar → der **siebte** /am **siebten** Januar

Die Wochentage (*Les jours de la semaine*) : Montag (*lundi*), Dienstag (*mardi*), Mittwoch (*mercredi*), Donnerstag (*jeudi*), Freitag (*vendredi*), Samstag (*samedi*), Sonntag (*dimanche*)

Die Monate (*Les mois*) : Januar (*janvier*), Februar (*février*), März (*mars*), April (*avril*), Mai (*mai*), Juni (*juin*), Juli (*juillet*), August (*août*), September (*septembre*), Oktober (*octobre*), November (*novembre*), Dezember (*décembre*)

Pour dire **l'année** :

2020	zweitausendzwanzig	se prononce	2 - 1000 - 20
1900	neunzehnhundert	se prononce	19 - 100
1972	neunzehnhundertzweiundsiebzig	se prononce	19 - 100 - 72

Jusqu'à 1999, les années se prononcent sous forme de **centaines. À partir de 2000**, on utilise les **nombres cardinaux**.

JE FAIS ATTENTION

Pour exprimer une date avec une année, on utilise **im Jahre** devant l'année ou uniquement l'année.

Ich bin **im Jahre 2007** geboren. Ich bin **Ø 2007** geboren. *Je suis né(e) en 2007.*

JE M'ENTRAÎNE Corrigés page 169

1 Am 7. Februar habe ich eine Klassenarbeit in Mathe.

a Am sieben b Am siebten c Am siebzehnten

2 Der deutsche Nationalfeiertag ist am 3. Oktober.

a am drei b am dreizehnten c am dritten

3 Wolfgang Amadeus Mozart ist … geboren.

a in 1756 b im Jahre 1756 c Jahre 1756

4 Heute ist Donnerstag, der 21. April.

a der einundzwanzig b der einsundzwanzigte
c der einundzwanzigste

5 Der 1. Mai ist der Tag der Arbeit.

a Der erste b Der eins c Der einsten

6 Am 8. August fahren wir nach Spanien.

a Am acht b Am achten c Am achtzehnten

7 Thomas lädt uns am 30. Juni zu seiner Geburtstagsparty ein.

a am dreißigsten b am dreiunddreißigsten
c am dritten

8 Vom 10. bis zum 17. Juli haben unsere Eltern ein Zimmer im Hotel Adlon reserviert.

a Vom zehn b Vom ten c Vom zehnten

vocabulaire

der Nationalfeiertag: la fête nationale
der Tag der Arbeit: fête du travail
das Zimmer: la chambre
ist … geboren: est né …
ein/laden*: inviter

26 Les verbes pronominaux

JE RETIENS

Les **verbes pronominaux** se construisent avec des **pronoms réfléchis** qui sont des **pronoms personnels compléments (à l'accusatif)** renvoyant au sujet.

sich konzentrieren : ***se** concentrer*   ich konzentriere **mich** : *je **me** concentre*

		pronom réfléchi complément (accusatif)
ich	konzentriere	**mich**
du	konzentriest	**dich**
er/sie/es	konzentriert	**sich**
wir	konzentrieren	**uns**
ihr	konzentriert	**euch**
sie	konzentrieren	**sich**

⚠ le pronom réfléchi ne se place pas comme en français.

- Dans une **phrase déclarative**, il se place juste **après le verbe conjugué, si la phrase commence par le sujet**. Dans le **cas contraire**, il se place **après le sujet**.

  Ich setze **mich** auf dem Stuhl. *Je m'assois sur la chaise.*

  Gestern habe ich **mich** verlaufen. *Hier, je me suis perdu.*

- Dans une **phrase interrogative**, le **pronom réfléchi** se place **après le sujet** :

  Wie fühlst du **dich** heute? *Comment te sens-tu aujourd'hui ?*

  Treffen wir **uns** heute in der Stadt? *Nous retrouvons-nous en ville aujourd'hui ?*

Cependant, si dans une **phrase interrogative** le **sujet** est un **GN ou un nom propre ne désignant pas un être animé**, le **pronom réfléchi** se place alors **après le verbe**.

Wo befindet **sich** Berlin? *Où se situe Berlin ?*

JE FAIS ATTENTION

- Lorsque le verbe pronominal possède déjà un **COD (à l'accusatif)**, le **pronom réfléchi** devient alors **COS** (complément d'objet second) **au datif**.

  sich die Hände waschen *se laver les mains*
  COS   COD

  Ich wasche **mir** die Hände. *Je me lave les mains.*
  COS au datif

- Au **datif**, le **pronom réfléchi change uniquement à la 1re et 2e personne du singulier** : **mich** devient **mir** et **dich** devient **dir**.
- Certains verbes sont pronominaux en français mais pas en allemand :

  aufstehen *se lever* Ich stehe um 7 Uhr auf. *Je me lève à 7 heures.*

JE M'ENTRAÎNE Corrigés page 169

1 Max langweilt … im Unterricht.

a mich b dich c sich

2 Du versteckst … hinter dem Baum.

a dich b dir c sich

3 Ich putze … die Zähne.

a sich b mich c mir

4 Wir interessieren … für die deutsche Kultur.

a sich b uns c euch

5 Der Junge beeilt … . Er hat Verspätung.

a sich b mich c dich

6 Ihr informiert … über die Geschichte der Stadt.

a uns b sich c euch

7 Mein Vater rasiert … jeden Morgen.

a uns b sich c mir

8 Triffst du … morgen mit Steffi?

a dir b sich c dich

vocabulaire

sich langweilen: s'ennuyer
sich verstecken: se cacher
sich die Zähne putzen: se laver les dents
sich beeilen: se dépêcher

27 La forme de politesse : le vouvoiement

JE RETIENS

- En allemand, on utilise la **3e personne du pluriel** pour **vouvoyer une ou plusieurs personnes**. Le **pronom personnel sie** s'écrit alors avec une **majuscule** afin de le distinguer de la 3e personne du singulier et du pluriel.

Ist **sie** bereit?

Est-elle prête ?

Sind **sie** bereit?

Sont-ils prêts ?

Sind **Sie** bereit?

Êtes-vous prêt ? (vouvoiement d'une personne)
Êtes-vous prêts ? (vouvoiement de plusieurs personnes)

Frau Weber, können **Sie** bitte wiederholen?

Madame Weber, pouvez-vous répéter s'il vous plaît ?

Frau und Herr Weber, können **Sie** bitte wiederholen?

Madame et Monsieur Weber, pouvez-vous répéter s'il vous plaît ?

- D'autres **pronoms** s'écrivent également avec une **majuscule** lorsque l'on **vouvoie** une ou des personnes :

- le **pronom personnel complément** (**COI**) au **datif** :

Kann ich **Ihnen** helfen?

Puis-je vous aider ?

Wie geht es **Ihnen** Frau Mayer?

Comment allez-vous, Madame Mayer ?

- le **pronom possessif** :

Kommen **Ihre** Kinder am Wochenende?

Vos enfants viennent-ils ce week-end ?

JE M'ENTRAÎNE Corrigés page 170

1 Entschuldigen … bitte! Wo ist der Bahnhof?

a Sie b sie c Ihr

2 Wie heißen … ?

a sie b Ihr c Sie

3 Guten Tag Herr und Frau Lang! Setzen … sich bitte !

a Ihr b Ihnen c Sie

4 Das ist … Schal , Frau Egger.

a Ihnen b Ihr c Sie

5 Kann ich mit … kommen?

a Sie b Ihnen c Ihr

6 Was machen … in den Osterferien?

a Sie b Ihnen c Ihr

7 Es freut mich, … kennenzulernen.

a Sie b Ihnen c Ihr

8 Können Sie mir … Adresse geben?

a Sie b Ihnen c Ihre

vocabulaire

der Bahnhof: la gare	**der Schal:** l'écharpe	**kennen lernen:** faire connaissance
sich setzen: s'asseoir	**die Osterferien:** les vacances de Pâques	**Es freut mich:** (ici) Enchanté(e)

28 L'impératif

JE RETIENS

- L'**impératif** s'emploie pour **donner un ordre**, **un conseil** ou **inciter quelqu'un à faire quelque chose**. On l'utilise à la **2e personne du singulier**, à la **2e personne du pluriel** ainsi qu'à la **forme de politesse** (vouvoiement) **Sie**.

- Il se forme sur le **radical de l'infinitif** pour la **2e personne du singulier, sans terminaison** :

  schauen *regarder* **Schau** mal! *Regarde !*

- La **2e personne du pluriel** est **identique** à la **2e personne du pluriel** du **verbe conjugué au présent**. Il faut simplement **supprimer le pronom**, comme à la 2e personne du singulier !

  Kommt mal bitte her! *Venez, s'il vous plaît ! (on s'adresse à plusieurs personnes)*

- Le **vouvoiement** (forme de politesse) se forme avec le **verbe à l'infinitif suivi du pronom Sie** (avec une majuscule) :

  Gehen Sie weg! *Partez !*

⚠ le verbe **sein** (*être*) prend un **e** supplémentaire à la forme de politesse **Sie**.

  Seien Sie bitte aufmerksam! *Soyez attentifs s'il vous plaît ! (forme de politesse)*

Mais, **au singulier** : **Sei** bitte nett! *Sois gentil s'il te plaît !*

et, à la **2e du pluriel** :

  Seid bitte nett! *Soyez gentils s'il vous plaît ! (on s'adresse à plusieurs personnes)*

- Pour indiquer **l'interdiction de faire quelque chose**, on emploie aussi **l'impératif** avec **nicht**.

  Komm nicht zu spät. *Ne sois pas en retard.*

JE FAIS ATTENTION

- Pour les **verbes forts** en **e**, la **voyelle du radical change**, comme au présent, à la **2e personne du singulier** :

  lesen* *lire* **Lies** bitte den Text! *Lis le texte s'il te plaît !*
  essen* *manger* **Iss** deine Suppe! *Mange ta soupe !*

- Les **verbes forts** en **a**, eux, ne changent pas :

  einschl**a**fen* *s'endormir* **Schlaf** nicht auf dem Sofa **ein**! *Ne t'endors pas sur le canapé !*

Attention, la **particule séparable** se place toujours **en fin de phrase**.

- Les verbes dont le **radical** se termine par **-d**, **-n**, **-t** et **-ch** prennent un **e** à la **2e personne du singulier et du pluriel** :

  warten *attendre* Warte! *Attends !* Wartet! *Attendez !*

JE M'ENTRAÎNE Corrigés page 170

1 Leon, … bitte lauter! Ich höre dich nicht.

a sprech — b sprich — c spricht

2 Guten Morgen Kinder! … euch bitte hin!

a Setzen — b Sitzt — c Setzt

3 …. Sie geradeaus!

a Gehen — b Geh — c Geht

4 Nina, … bitte still! Deine kleine Schwester schläft gerade.

a sein — b sei — c seid

5 Anna, Lisa ! … ! Das Essen ist fertig.

a Kommt — b Kommen — c Komm

6 Tom, … bitte gut zu!

a hört — b hör — c hören

7 … diesen Zeitungsartikel!

a Lesen — b Liest — c Lies

8 … Sie bitte Platz!

a Nimm — b Nehmt — c Nehmen

vocabulaire

lauter: plus fort

sich hin/setzen: s'asseoir

geradeaus: tout droit

still sein: se taire

der Zeitungsartikel: l'article de journal

Platz nehmen*: prendre place

29 Les mots composés

JE RETIENS

Les **mots composés** sont très nombreux en allemand. Ils permettent d'être plus précis et rendent la langue plus riche. Un nom composé se forme à l'aide de plusieurs mots que l'on accole.

das Haus (*la maison*) + die Tür (*la porte*) = die Haustür (*la porte de la maison*)

die Hand (*la main*) + der Schuh (*la chaussure*) = der Handschuh (*le gant*)
(*pluriel:* **die** Handschuhe)

der Sport (*le sport*) + der Schuh (*la chaussure*) = der Sportschuh
(*la chaussure de sport*)
(*pluriel :* **die** Sportschuhe)

Leur formation est à l'inverse du français. Le **nouveau mot** obtenu conserve l'ordre des mots qui le composent et **prend le genre** du terme de base, c'est-à-dire du **dernier mot**.

JE FAIS ATTENTION

- La réunion de deux mots peut se faire :
  - à l'aide d'un **s** :
  die Geburt (*la naissance*) + der Tag (*le jour*) = der Geburt**s**tag (*l'anniversaire*)

Cette règle vaut également pour tous les noms se terminant par **-keit**, **-heit**, **-schaft**, **-ung**, **-ion**, **-tät**, **-ling**, **-tum**.

  - à l'aide de **-en**, qui est une **marque de pluriel** :
  die Blumen (*les fleurs*) + der Strauß (*le bouquet*) = der Blum**en**strauß
  (*le bouquet de fleurs*)

  - en **raccourcissant le premier mot** :
  Weihnachten (*Noël*) + **die** Ferien (*les vacances*) = **die** Weihnacht**s**ferien
  (*les vacances de Noël*)

- Les constructions les plus courantes sont :
  - **nom + nom** :
  die Kinder (*les enfants*) + der Garten (*le jardin*) = der Kindergarten (*le jardin d'enfants*)
  - **adjectif + nom** :
  hoch (*haut*) + das Haus = das Hochhaus (*l'immeuble*)
  - **verbe + nom** :
  wandern (*faire de la randonnée*) + die Schuhe = die Wanderschuhe
  (*les chaussures de randonnée*)
  liegen (*être allongé*) + der Stuhl (*la chaise*) = der Liegestuhl (*la chaise longue*)

JE M'ENTRAÎNE Corrigés page 170

1. Meine … ist kaputt. Ich muss eine neue kaufen.
   - a Maschinewasch
   - b Waschmaschine
   - c Waschenmaschine

2. Der … schmeckt sehr gut.
   - a Tomatensalat
   - b Tomatsalat
   - c Salatentomaten

3. Die … ist heute sehr schwer!
   - a Taschenschule
   - b Schultasche
   - c Taschschule

4. Wir gehen heute Nachmittag an den Strand. Vergiss bitte den … nicht!
   - a Schirmsonne
   - b Regenschirm
   - c Sonnenschirm

5. Hamburg ist eine … .
   - a Großstadt
   - b Großenstadt
   - c Stadtgroß

6. Was ist dein … in der Schule?
   - a Liebfach
   - b Fachliebling
   - c Lieblingsfach

7. Viele Patienten sitzen im … .
   - a Wartezimmer
   - b Zimmerwarten
   - c Wartzimmer

8. Wir sehen im … fern.
   - a Zimmerwohnung
   - b Wohnzimmer
   - c Wohnenzimmer

vocabulaire

gut schmecken: avoir bon goût
schwer: (ici) lourd
sitzen*: être assis
fern/sehen*: regarder la télé

30 Indiquer un changement de lieu : le directif

JE RETIENS

Lorsqu'on utilise **un complément circonstanciel de lieu** dans une phrase, il faut toujours **distinguer** le lieu dans lequel on se trouve (= **le lieu où l'on est**) du lieu dans lequel on se rend (= **le lieu où l'on va**.)

Les compléments de lieu qui indiquent un **changement de lieu** sont introduits par des **prépositions** (**in**, **auf** ...) qui sont **toujours suivies de l'accusatif**.

Die Touristen gehen ins (in+das) Museum. *Les touristes vont au musée.*

Wir fahren in die Stadt. *Nous allons en ville.*

Tim und Jakob gehen in den Park. *Tim et Jakob vont au parc.*

Tous ces compléments de lieu répondent à la question introduite par le mot interrogatif **wohin**.

– Wohin gehst du? – Ich gehe ins Kino. – *Où vas-tu ? – Je vais au cinéma.*

JE FAIS ATTENTION

Voici les principales façons de traduire « chez », « à » ou « en » :

	DIRECTIF **Wohin?** (où ?)	LOCATIF **Wo?** (où ?)
« chez »	Ich gehe **zu** Oma. *Je vais chez Mamie.*	Ich bin **bei** Oma. *Je suis chez Mamie.*
« à la maison »	Ich gehe **nach** Hause. *Je vais à la maison.*	Ich bin **zu** Hause. *Je suis à la maison.*
Un déplacement avec un nom de ville ou de pays	Wir fahren **nach** Deutschland. *Nous allons en Allemagne.* mais : Ich fahre **in die** Schweiz. *Je vais en Suisse.*	Felix wohnt **in** Deutschland. *Felix habite en Allemagne.* mais : Mein Kusin wohnt **in der** Schweiz. *Mon cousin habite en Suisse.*

JE M'ENTRAÎNE *Corrigés page 171*

1 Mit meinen Freunden gehen wir heute Abend … Konzert.

a ins b in den c in die

2 Im Winter fahren wir … Alpen.

a zu den b nach c in die

3 Es ist schon spät. Ich muss … Hause gehen.

a nach b zu c in

4 Meine Mutter muss einkaufen. Sie geht … Supermarkt.

a ins b in die c in den

5 Kommt ihr im Sommer … uns?

a zu b nach c bei

6 Am Samstagnachmittag geht Tina oft … Schwimmbad.

a in den b nach c ins

7 Im Dezember gehen die Deutschen … Weihnachtsmarkt.

a nach b auf den c auf die

8 Alex lebt jetzt mit seiner Familie … Hamburg.

a in b nach c zu

vocabulaire

spät: tard

der Weihnachtsmarkt: le marché de Noël

leben: vivre

31 Les conjonctions de coordination : aber, denn, oder, und et sondern

JE RETIENS

Les **conjonctions de coordination** servent à **relier les éléments** d'une phrase entre eux ou des **phrases indépendantes** l'une de l'autre. Elles n'ont pas d'incidence sur la construction de la phrase, notamment sur la place du verbe conjugué qui doit toujours être à la 2e place. Elles occupent donc la position « zéro ».

Ich spiele nicht gern Tennis, **sondern** ich spiele gern Handball.
0 S1 V2
Je n'aime pas jouer au tennis, mais j'aime bien jouer au handball.

- **und** (et) sert à **unir** des **éléments** dans une phrase :
  Ich bleibe zu Hause **und** (ich) mache meine Hausaufgaben.
  Je reste à la maison et je fais mes devoirs.
- **oder** (ou) permet d'exprimer une **alternative** :
  Möchtest du ein Vanilleeis **oder** ein Schokoladeneis?
  Aimerais-tu une glace à la vanille ou au chocolat ?
- **aber** (mais) est employé pour exprimer une **opposition** :
  Ich bin sehr sportlich, **aber** ich spiele nicht gern Fußball.
  Je suis très sportif mais je n'aime pas jouer au foot.
- **sondern** (mais) permet d'exprimer le **contraire de ce qui a été dit**. Cette conjonction s'emploie **après une négation**.
  Ich gehe nicht ins Theater, **sondern** in die Oper.
  Je ne vais au théâtre mais (au contraire) à l'opéra.
  Ich habe keine Schwester, **sondern** ich habe einen Bruder.
  Je n'ai pas de sœur, mais j'ai un frère.
- **denn** (car) sert à **justifier une réponse** :
  Ich kann nicht zu dir kommen, **denn** ich muss zum Zahnarzt (gehen).
  Je ne peux pas venir chez toi car je dois aller chez le dentiste.

JE FAIS ATTENTION

Il faut toujours mettre **une virgule devant aber**, **denn** et **sondern** ; elle est obligatoire. Ce n'est pas le cas en revanche avec **und** et **oder**.

JE M'ENTRAÎNE Corrigés page 171

1 Trinkst du Tee ... Kaffee zum Frühstück?

a aber b oder c sondern

2 Doris ... Lisa haben heute Handballtraining.

a aber b oder c und

3 Wann kommt deine Kusine zu Besuch? Am Samstag ... am Sonntag?

a oder b aber c und

4 Ich möchte keine Cola, ... ein Glas Wasser.

a und b aber c sondern

5 Familie Müller hat zwei Autos: ein kleines ... ein großes.

a aber b und c sondern

6 Gehst du zu Fuß ... nimmst du den Bus?

a oder b und c sondern

7 Meine Oma ist 75 Jahre alt, ... sie ist noch sehr aktiv.

a aber b sondern c oder

8 Mein Vater trinkt gern Kaffee mit Zucker, ... ohne Milch.

a oder b und c aber

vocabulaire

das Training: l'entraînement
der Besuch: la visite
zu Fuß: à pied
der Zucker: le sucre
ohne: sans

32 Le comparatif d'égalité, d'infériorité et de supériorité

JE RETIENS

- Le **comparatif d'égalité** sert à comparer **deux éléments** qui sont au même niveau. Il se forme avec l'adjectif (voir fiche 45) à l'aide de la structure suivante :

so + adjectif + **wie** *aussi ...que*

L'adjectif attribut est alors **invariable.**

Er ist **so** groß **wie** ich. *Il est aussi grand que moi.*

- On utilise le **comparatif d'infériorité** lorsqu'un élément est **inférieur** à un autre. Il se forme selon la construction suivante :

nicht so + adjectif + **wie** *pas aussi ... que, moins... que*

Du bist **nicht so** groß **wie** deine Freundin. *Tu n'es pas aussi grande que ton amie.*

- Le **comparatif de supériorité** (*plus ...que*) sert, quant à lui, à comparer deux éléments dont l'un est **supérieur** à l'autre. Il se forme ainsi :

adjectif + **-er** ..... + **als** (**als** introduit le 2e élément de la comparaison)

klein *petit* → klein**er** *plus petit* Du bist klein**er** als ich. *Tu es plus petite que moi.*

interessant *intéressant* → interessant**er** *plus intéressant*

Das Buch ist interessant**er als** der Film. *Le livre est plus intéressant que le film.*

Les **adjectifs courts** (une seule syllabe) prennent une **inflexion** (*Umlaut*) sur les voyelles **-a** / **-o** / **-u** :

alt *vieux, âgé* → **älter** *plus vieux, plus âgé*

groß *grand* → **größer** *plus grand*

jung *jeune* → **jünger** *plus jeune*

JE FAIS ATTENTION

Il existe quelques **formes irrégulières** :

gut *bon* → **besser** *meilleur*

viel *beaucoup* → **mehr** *plus*

teuer *cher* → **teurer** *plus cher*

hoch *haut* → **höher** *plus haut*

gern → **lieber** Ich esse **gern** Fleisch mit Pommes. Ich esse **lieber** Fisch mit Reis.

J'aime manger la viande avec des frites Je préfère manger le poisson avec du riz.

JE M'ENTRAÎNE Corrigés page 171

1. Ich spreche … Deutsch als du.

   a gut b besser c gern

2. Meine Schultasche ist … als mein Rucksack.

   a schwerer b schwer c so schwer

3. Der Eiffelturm ist nicht so … wie der Fernsehturm in Berlin.

   a höher b sehr hoch c hoch

4. Dein Rock ist … als mein Rock.

   a kurz b kürzer c so kurz

5. Meine Schwester bekommt … Taschengeld als ich.

   a viel b mehr c so viel

6. Du läufst … als ich.

   a so schnell b nicht so schnell c schneller

7. Sport machen ist … als faulenzen.

   a gesund b gesünder c so gesund

8. Das Haus ist … als die Wohnung.

   a größer b groß c großer

vocabulaire

der Rucksack: le sac à dos
der Eiffelturm: la tour Eiffel
der Fernsehturm: la tour de la télévision
bekommen*: recevoir
laufen*: courir
faulenzen: paresser
die Wohnung: l'appartement

33 Le superlatif

JE RETIENS

Le **superlatif** permet d'exprimer le **plus haut degré d'une comparaison** entre **plusieurs éléments**. Il se traduit par « le plus », « la plus », « les plus ». Il existe deux manières de construire le superlatif en allemand :

- Le **superlatif de l'adjectif** (voir fiche 45) dans un groupe nominal. On **ajoute -ste à l'adjectif** qui va se placer **devant le nom**, **s'accorder** avec celui-ci **en genre et en nombre** et prendre la **fonction** du GN :

Lukas ist der netteste Schüler der Klasse.
Lukas est l'élève le plus gentil de la classe.

Berlin ist für mich die schönste Stadt Deutschlands.
Berlin est pour moi la plus belle ville d'Allemagne.

Das ist das interessanteste Buch, das ich bis jetzt gelesen habe.
C'est le livre le plus intéressant que j'ai lu jusqu'à présent.

Les adjectifs courts (une seule syllabe) prennent, comme au comparatif, une inflexion (*Umlaut*) sur la **voyelle** du **radical**.

alt: **ä**lte**ste** — der **älteste** Schüler *l'élève le plus âgé*
jung: j**ü**ng**ste** — die **jüngste** Schülerin *l'élève la plus jeune*
hoch: h**ö**ch**ste** — der **höchste** Turm *la tour la plus haute*

Les **adjectifs qui se terminent** par **-d**, **-t**, **-s**, **-ß**, **-x -z** prennent un **-e** supplémentaire avant **-ste** pour pouvoir les prononcer.

kurz: kürz**e**ste — der **kürzeste** Text *le texte le plus court*
⚠ mais : groß: gr**ö**ßte — das **größte** Kind *l'enfant le plus grand*

- **Le superlatif adverbial.** Il est **invariable** et s'emploie avec un adverbe. Il faut ajouter **- sten** à **l'adverbe** (ou à l'adjectif) et le faire précéder de **am**.

Ich mag Popmusik aber ich höre **am liebsten** Rap.
J'aime la musique pop, mais c'est le rap que je préfère / que j'écoute le plus.

JE FAIS ATTENTION

Tout comme au comparatif, il y a des **cas particuliers** au superlatif. Ce sont en général les mêmes qu'au comparatif de supériorité :

gut → best- / am besten
viel → meist- / am meisten
gern → liebst- / am liebsten

JE M'ENTRAÎNE Corrigés page 172

1 Mein ... Freund heißt Jonas.

a besserer b best c bester

2 Ich mag die italienische Küche aber ich esse am ... Pizza.

a liebsten b höchsten c schönsten

3 Dieser Film ist der ... Film, den ich gesehen habe.

a lustiger b lustigste c am lustigsten

4 Januar ist der ... Monat.

a kälteste b kälter c am kältesten

5 Usain Bolt läuft am ....

a schneller b sehr schnell c schnellsten

6 Für das Schulfest möchte ich das ... Kleid tragen.

a schön b schönste c am schönsten

7 Bayern ist das ... Bundesland Deutschlands.

a größte b größer c am größten

8 In Heidelberg befindet sich die ... deutsche Universität.

a am ältesten b ältere c älteste

vocabulaire

lustig: drôle

das Kleid: la robe

sich befinden*: se trouver

34 Le groupe nominal complément au datif

JE RETIENS

Lorsqu'un **groupe nominal** occupe la fonction de **complément d'objet indirect ou second** dans une phrase, le **déterminant** porte la marque du **datif**. Le complément au datif désigne alors **le destinataire, le bénéficiaire**.

Ich schenke **meiner Mutter** ein Parfüm. *J'offre un parfum à ma mère.*

COI au datif *COD*
destinataire

Voici les différentes formes du **groupe nominal au datif** :

	Masculin	Féminin	Neutre	Pluriel
GN au nominatif: sujet	der Vater	die Mutter	das Kind	**die Kinder**
GN à l'accusatif (COD)	den Vater	die Mutter	das Kind	**die Kinder**
GN au **datif** : COI/ COS (= destinaire)	de**m** Vater	de**r** Mutter	de**m** Kind	**den Kindern**

Les différentes marques du datif (**m** pour le datif **masculin et neutre**, **r** pour le datif **féminin** et **n** pour le datif **pluriel**, se retrouvent aussi sur **l'article indéfini ein** et sur **le pronom possessif**.

Attention, lorsque le destinataire est un **groupe nominal au pluriel**, le nom prendra un **-n** supplémentaire (sauf si le pluriel de ce nom se termine déjà par un **n** ou un **s**) :

Ich schenke den Kinder**n** Bonbons. *J'offre des bonbons aux enfants.*

destinataire = GN au datif

JE FAIS ATTENTION

Certains verbes s'emploient **toujours avec le datif** :

helfen* *aider* / gehören *appartenir* / gefallen* *plaire ...*

Ich helfe mein**er** Mutter: *J'aide ma mère.*

Il en est de même avec les **prépositions** suivantes :

aus (de/en), **bei** (chez), **mit** (avec), **nach** (après), **seit** (depuis), **von** (de), **zu** (chez)

Ich gehe ins Kino **mit** meine**m** Bruder. *Je vais au cinéma avec mon frère.*

Du verbringst den Nachmittag **bei** deine**r** Freundin. *Tu passes l'après-midi chez ton amie.*

⚠ Il faut apprendre ces verbes et ces prépositions par cœur.

JE M'ENTRAÎNE Corrigés page 172

1 Der Lehrer gibt … Schülern Hausaufgaben.

a den b die c der

2 Du stellst … Schwester meine beste Freundin vor.

a deine b deinem c deiner

3 Ich verstehe nicht. Ich stelle … Lehrer viele Fragen.

a der b den c dem

4 Ich schicke … Tante eine Postkarte aus Wien.

a meine b meiner c meinem

5 Lukas erklärt … Freund die Matheübung, denn er versteht nicht.

a sein b seinen c seinem

6 Wir verbringen die Osterferien bei … Oma.

a unserer b unsere c unserem

7 Tina geht mit … Eltern spazieren.

a ihrer b ihren c ihrem

8 Die Schüler hören … Lehrerin gut zu.

a die b den c der

vocabulaire

die Hausaufgaben: les devoirs
vor/stellen: présenter
schicken: envoyer
erklären: expliquer
verbringen*: passer
spazieren gehen*: aller se promener
zu/hören: écouter

35 Les pronoms personnels au datif

JE RETIENS

Comme nous l'avons vu dans la leçon précédente (voir fiche 34), le **datif** désigne le plus souvent la fonction **complément d'objet indirect (COI) ou second (COS)** d'un **groupe nominal**. Les **pronoms personnels au datif** permettent de remplacer ce groupe nominal et d'éviter ainsi les répétitions.

Ich schenke **meiner Mutter** ein Parfüm. *J'offre un parfum à ma mère.*

COS au datif destinataire — *COD*

Ich schenke **ihr** ein Parfum. *Je lui offre un parfum.*

Ich schenke **meinem Vater** einen Roman. *J'offre un roman à mon père.*

COS au datif destinataire — *COD*

Ich schenke **ihm** einen Roman. *Je lui offre un roman.*

Pronom personnel sujet	Pronom personnel au datif
ich	mir
du	dir
er sie es	ihm ihr ihm
wir	uns
ihr	euch
sie	ihnen

JE FAIS ATTENTION

Lorsque l'on remplace dans une phrase un groupe nominal COD (à l'accusatif) et un groupe nominal COS/COI (au datif) par leurs **pronoms personnels** respectifs, le pronom personnel **à l'accusatif** se place toujours **devant** celui **au datif**.

Ich kaufe **meiner Schwester** ein neues T-Shirt. *J'achète un nouveau Tee-Shirt à ma soeur.*

GN au datif — *GN à l'accusatif*

Ich kaufe es **ihr**. *Je le lui achète.*

JE M'ENTRAÎNE *Corrigés page 172*

Corrigés page 172

1 Gib … bitte die Flasche.

a mich b mir c ich

2 Guten Tag! Kann ich … helfen?

a Ihr b Sie c Ihnen

3 Bleiben wir hier zu Hause oder gehen wir zu … ?

a dir b dich c du

4 Ich rufe sofort meine Freundin und zeige … meine Kleidung.

a ihr b sie c ihm

5 Die Schüler stellen Frau Weber viele Fragen. Sie gibt … die Antworten.

a sie b ihnen c ihm

6 Claudias Brieffreundin schreibt … einen langen Brief.

a ihr b sie c ihm

7 Die Mutter gibt ihrem Sohn ein Küsschen, um … zu danken.

a er b ihn c ihm

8 Der Film hat … gefallen.

a dich b uns c sie

vocabulaire

die Flasche: la bouteille

der Brief: la lettre

die Kleidung: les habits

das Küsschen: le bisou

36 La proposition subordonnée introduite par **dass** et **weil**

JE RETIENS

Les **propositions subordonnées** sont introduites par des **conjonctions de subordination**. Elles dépendent de la proposition principale et ne peuvent exister seules.

- Certains verbes comme **finden***, **wissen***, **glauben** ... ont pour complément une **proposition subordonnée** introduite par la **conjonction** **dass** (*que*). Ces subordonnées sont des **complétives**.

  Ich finde**, dass** die Matheübung schwierig ist.

  Je trouve que l'exercice de math est difficile.

  Ich weiß**, dass** du heute Nachmittag in die Stadt gehst.

  Je sais que tu vas en ville cet après-midi.

- La **conjonction de subordination** **weil** (*parce que*) permet de **justifier une réponse** et de donner **la raison** d'une action ou d'un fait. On l'utilise pour répondre à la question **warum?** (*pourquoi ?*).

  Warum nimmst du deinen Regenschirm mit?

  Pourquoi prends-tu ton parapluie ?

  Ich nehme meinen Regenschirm mit, **weil** es regnet.

  Je prends mon parapluie parce qu'il pleut.

  Warum spart er Geld?

  Pourquoi économise-t-il de l'argent ?

  Er spart Geld**, weil** er eine Spielkonsole kaufen will.

  Il économise de l'argent parce qu'il veut s'acheter une console de jeux.

⚠ **Le verbe conjugué** de la subordonnée occupe toujours **la dernière place** dans la phrase. La proposition principale et la proposition subordonnée sont séparées par **une virgule**. Il ne faut pas l'oublier, elle est **obligatoire** !

JE M'ENTRAÎNE Corrigés page 173

1. Mein Bruder lernt Deutsch, ... er später in Deutschland arbeiten möchte.

   a dass b weil

2. Ich ruhe mich aus, ... ich müde bin.

   a dass b weil

3. Glaubt ihr, ... wir im Sommer nach Spanien fahren können?

   a dass b weil

4. Sie hat Verspätung, ... sie den Bus verpasst hat.

   a dass b weil

5. Wir hoffen, ... es euch gut geht.

   a dass b weil

6. Es ist schade, ... du nicht zu Tinas Geburtstagsparty kommen kannst.

   a dass b weil

7. In der Pause esse ich ein Käsebrot, ... ich Hunger habe.

   a dass b weil

8. Max hat gehört, ... wir morgen keine Schule haben. Stimmt das?

   a dass b weil

vocabulaire

sich aus/ruhen: se reposer
verpassen: manquer
Es ist schade: c'est dommage
das Käsebrot: le sandwich au fromage
Stimmt das?: C'est vrai ?

37 Les verbes de modalité müssen et sollen

JE RETIENS

Les verbes de modalité **müssen** et **sollen** ont, comme les autres verbes de modalité, une **conjugaison irrégulière au présent à la première personne et à la troisième personne du singulier** qui ne prennent **pas de terminaison**. La **voyelle** du **radical** de **müssen** **change**, mais pas celle de **sollen**.

	müssen (devoir)	sollen (devoir)
ich	m**u**ss **Ø**	soll **Ø**
du	m**u**sst	sollst
er/sie/es	m**u**ss **Ø**	soll **Ø**
wir	m**ü**ssen	sollen
ihr	m**ü**sst	sollt
sie	m**ü**ssen	sollen

Müssen et **sollen** se traduisent tout deux par « devoir » mais se différencient dans leur emploi.

- **Müssen** indique **une forte obligation, une contrainte.** (= il faut)

  Ich **muss** meine Vokabeln lernen sonst bekomme ich eine schlechte Note.

  Je dois apprendre mon vocabulaire sinon je vais avoir une mauvaise note.

- **Sollen**, quant à lui, exprime un **devoir moral**, la **volonté d'autrui** ou l'expression d'un **conseil**. C'est le seul verbe de modalité dont **la voyelle du radical ne change pas** pour les **trois personnes du singulier**.

  Was **soll** ich für das Abendessen vorbereiten?

  Que dois-je préparer pour le dîner ?

JE FAIS ATTENTION

Les verbes de modalité sont le plus **souvent accompagnés d'un verbe à l'infinitif** qui est rejeté à la **fin de la phrase**. Parfois, celui-ci peut être sous-entendu.

Wir **müssen** jetzt nach Hause (gehen).

Nous devons rentrer maintenant.

JE M'ENTRAÎNE *Corrigés page 173*

1 Du … vielleicht nach Deutschland fahren, wenn du dein Deutsch verbessern willst.

a sollst b musst

2 Mein Zahnarzt sagt, ich … mir dreimal pro Tag die Zähne putzen.

a soll b muss

3 Tim … um 19 Uhr seinen Computer ausmachen.

a soll b muss

4 Man … fünf Obst und Gemüse pro Tag essen.

a soll b muss

5 Wir … morgen sehr früh aufstehen.

a sollen b müssen

6 … ich das Fenster aufmachen?

a soll b muss

7 Sie … unbedingt Berlin besichtigen. Das ist eine wunderschöne Stadt.

a sollen b müssen

8 Der Kühlschrank ist leer. Wir … einkaufen gehen.

a sollen b müssen

vocabulaire

verbessern: améliorer
der Zahnarzt: le dentiste
sich die Zähne putzen: se laver les dents
Obst und Gemüse: les fruits et légumes
der Kühlschrank: le réfrigérateur
leer: vide

38 Le verbe wissen

JE RETIENS

Le verbe **wissen** permet de dire que **l'on sait** (ou pas) quelque chose sur un sujet précis. Il se conjugue comme un verbe de modalité (**conjugaison irrégulière**) mais n'en est pas un. La **voyelle** de son **radical change** aux **trois premières personnes du singulier** et il ne prend **pas de terminaison** à la **1re et 3e personne du singulier**.

	wissen (savoir)
ich	w**ei**ß **Ø**
du	w**ei**ßt
er/sie/es	w**ei**ß **Ø**
wir	wissen
ihr	wisst
sie	wissen

Weißt du wo meine Sportschuhe sind?

Sais-tu où sont mes chaussures de sport ?

Tut mir leid, ich **weiß** es nicht.

Désolé, je ne sais pas.

JE FAIS ATTENTION

Il ne faut pas confondre **wissen** et le verbe de modalité **können** qui signifie « **pouvoir/ savoir faire quelque chose** ».

Ich kann schwimmen.

Je sais nager.

Wissen s'emploie souvent avec une **proposition complétive**.

Ich weiß, dass du Spinat hasst.

Je sais que tu détestes les épinards.

JE M'ENTRAÎNE Corrigés page 173

1 Martin und Paul …, wo wir uns morgen treffen.

a weißt b wissen c können

2 Ich langweile mich. Ich … nicht, was ich machen kann.

a kann b wisst c weiß

3 Du … jetzt, wo wir wohnen.

a weißt b wisst c kannst

4 … Sie, um wie viel Uhr der Zug ankommt?

a Weißt b Wissen c Können

5 Ich möchte gern …, wie alt sie ist.

a weiß b weißt c wissen

6 Ralf … das Gedicht auswendig.

a weiß b weißt c wisst

7 Du … doch, dass Tina nicht mehr in Berlin wohnt.

a weißt b wisst c weiß

8 Wir … , wie der neue Schüler heißt.

a wisst b weißt c wissen

vocabulaire

an/kommen*: arriver

das Gedicht: le poème

auswendig: par cœur

39 Les différentes formes du pronom interrogatif wer

JE RETIENS

- Le **pronom interrogatif wer** (*qui*) change de forme selon la **fonction** qu'il occupe dans la phrase.

  Fonction **sujet (nominatif)**
  Wer wohnt in München? *Qui habite à Munich ?*

  Fonction **COD (accusatif)**
  Wen hast du im Park gesehen? *Qui as-tu vu au parc ?*

  Fonction **COI (datif)**
  Wem gehört die Jeansjacke? *À qui appartient la veste en jean ?*

- On peut également associer le **pronom interrogatif wer** à une **préposition suivie de l'accusatif ou du datif**. La **préposition** se place alors **devant** le mot interrogatif.

  für (+ **accusatif**)
  Für **wen** ist dieser Brief? *Pour qui est cette lettre ?*

  mit (+ **datif**)
  Mit **wem** gehst du ins Schwimmbad? *Avec qui vas-tu à la piscine ?*

  bei (+ **datif**)
  Bei **wem** wohnt er? *Chez qui habite-t-il ?*

JE FAIS ATTENTION

Certains verbes se construisent avec une **préposition** qui introduit un **complément à l'accusatif ou au datif**.

an + **accusatif**

  denken an *penser à*

  An **wen** denkst du ?

  À qui penses-tu ?

von + **datif**

  sprechen von *parler de*

  Von **wem** sprichst du?

  De qui parles-tu ?

JE M'ENTRAÎNE Corrigés page 174

1 ... hat Lust, heute Abend in die Pizzeria zu gehen?

a Wer b Wen c Wem

2 Mit ... spielst du Tennis?

a wer b wen c wem

3 Für ... ist das Geschenk?

a wer b wen c wem

4 Bei ... verbringst du das Wochenende?

a wer b wen c wem

5 ... lädst du zu deiner Geburtstagsparty ein?

a Wer b Wen c Wem

6 ... kommt mit mir in die Stadt?

a Wer b Wen c Wem

7 ... schenkst du Bonbons?

a Wer b Wen c Wem

8 ... hat diesen Kuchen gebacken?

a Wer b Wen c Wem

vocabulaire

schenken: offrir

der Kuchen: le gâteau

einen Kuchen backen: faire un gâteau

40 Le prétérit des verbes sein et haben

JE RETIENS

Le **prétérit** est un **temps simple du passé** qui correspond en français à **l'imparfait** et au **passé simple**.

Letzte Woche **war** ich nicht in der Schule.
La semaine dernière, je n'étais pas à l'école.

Ich **war** krank und **hatte** Grippe.
J'étais malade et j'avais la grippe.

Sie **waren** jung und sie **hatten** drei Kinder.
Ils étaient jeunes et ils avaient trois enfants.

Voici la conjugaison des deux verbes au prétérit.

	sein (être)	haben (avoir)
ich	war **ø**	hatte **ø**
du	war**st**	hatte**st**
er/sie /es	war **ø**	hatte **ø**
wir	war**en**	hatte**n**
ihr	war**t**	hatte**t**
sie	war**en**	hatte**n**

JE FAIS ATTENTION

Au **prétérit**, il n'y a **pas de terminaison aux 1re et 3e personnes du singulier**.

Le prétérit des verbes **sein** et **haben** se traduit souvent à l'oral par un passé composé en français.

Ich hatte Angst.
J'ai eu peur.

Ich war krank.
J'ai été malade.

JE M'ENTRAÎNE *Corrigés page 174*

1 Wo … du in den Ferien?

a war b warst c wart

2 Meine Freunde … in den Alpen.

a wart b warten c waren

3 Wir … eine schöne Zeit in der Schweiz.

a waren b haben c hatten

4 In Spanien … Julia schönes Wetter.

a war b hatte c hattet

5 Gestern … ich mit Lena im Schwimmbad.

a war b hatte c waren

6 Ich … viel Spaß beim Konzert.

a hatte b war c hattet

7 Wo … ihr denn so lange?

a hattet b waren c wart

8 Es … einmal ein Wolf.

a hatte b war c wart

vocabulaire

das Wetter:
le temps (la météo)
der Wolf:
le loup

41 Le parfait des verbes faibles

JE RETIENS

Le **parfait** s'emploie pour parler **d'événements achevés** et correspond au **passé composé** français. Il se construit à l'aide d'un **auxiliaire** (**haben** ou **sein**) **conjugué au présent** et du **participe passé** du verbe. Tous les verbes transitifs (qui ont un complément d'objet à l'accusatif) forment leur parfait avec l'auxiliaire **haben**.

Gestern **haben** wir eine Radtour **gemacht**.
auxiliaire *participe passé*
Hier, nous avons fait une randonnée à vélo.

- Le **participe passé** des **verbes faibles** se forme de la manière suivante :

ge+ radical du verbe + **t**

machen *faire* : **ge**+mach+**t** = **gemacht** *fait*

- Pour former **le participe passé** des **verbes à particule séparable**, il faut intercaler **ge-** entre la particule et la base verbale.

auf/machen *ouvrir* Ich **habe** das Fenster auf**ge**mach**t**. *J'ai ouvert la fenêtre.*

JE FAIS ATTENTION

- Le **participe passé** est **invariable** et se place **toujours** à la **fin de la phrase**.
- Certains verbes ne prennent pas **ge-** au participe passé. Il s'agit des verbes :

- dont **l'infinitif se termine en -ieren**

telefon**ieren** *téléphoner* Meine Großeltern **haben** gestern **telefoniert**.
Mes grands-parents ont téléphoné hier.

- qui commencent par les **particules inséparables** suivantes :

ge- / **miß-** / **zer-** / **be-**/ **er-** / **ent-** / **emp-** / **ver-**

besichtigen *visiter* Wir **haben** Berlin **be**sichtig**t**. *Nous avons visité Berlin.*
verkaufen *vendre* Ich **habe** mein Auto **ver**kauf**t**. *J'ai vendu ma voiture.*

- Attention, les verbes **verreisen** (*partir en voyage*) et **passieren** (*se passer*) se conjuguent avec l'auxiliaire **sein** au parfait :

Wir **sind** im Sommer **verreist**. *Nous sommes partis en voyage cet été.*
Was **ist** denn **passiert**? *Que s'est-il donc passé ?*

JE M'ENTRAÎNE *Corrigés page 174*

1 Lukas hat vier Jahre lang Fußball … .

- a spielt
- b gespielt
- c spielen

2 Meine Schwester hat sich als Prinzessin … .

- a verkleidet
- b verkleidete
- c verkleiden

3 Was … dir passiert?

- a hat
- b ist
- c bin

4 Die Schüler haben viele Vokabeln … .

- a lernen
- b lernt
- c gelernt

5 Was haben sie im Supermarkt … ?

- a kaufen
- b gekauft
- c kauft

6 Hast du die neue CD von Namika … ?

- a gehört
- b gehören
- c hört

7 Ich habe auf meinen kleinen Bruder … .

- a aufpassen
- b passt auf
- c aufgepasst

8 Hast du Frau Lenz …?

- a antwortet
- b geantwortet
- c antwortest

vocabulaire

sich verkleiden: se déguiser

auf/passen: faire attention

antworten: répondre

42 Les adjectifs possessifs dans le groupe nominal au datif

JE RETIENS

Les **adjectifs possessifs** permettent d'exprimer **la possession** et **s'accordent en genre et en nombre** avec le nom ou le groupe nominal qu'ils déterminent (voir fiche 13). Il faut également tenir compte de la **fonction** de celui-ci dans la phrase : lorsque le **groupe nominal** a pour fonction **complément d'objet indirect** (COI) ou **complément d'objet second** (COS), **l'adjectif possessif** se met au **datif** et prend les **terminaisons** suivantes :

Possesseur	GN Féminin	GN Masculin	GN Neutre	GN Pluriel
ich	meiner Mutter	meinem Vater	meinem Kind	mein**en** Kinder**n**
du	deiner Mutter	deinem Vater	deinem Kind	dein**en** Kinder**n**
er sie	seiner Mutter ihrer Mutter	seinem Vater ihrem Vater	seinem Kind ihrem Kind	sein**en** Kinder**n** ihr**en** Kinder**n**
wir	unserer Mutter	unserem Vater	unserem Kind	unser**en** Kinder**n**
ihr	eurer Mutter	eurem Bruder	eurem Kind	eur**en** Kinder**n**
sie (pluriel)	ihrer Mutter	ihrem Bruder	ihrem Kind	ihr**en** Kinder**n**

JE FAIS ATTENTION

- L'adjectif possessif a les **mêmes terminaisons** que **l'article indéfini ein**.
- Au **singulier**, l'adjectif possessif a la **même terminaison** au **masculin et à la forme neutre. Au pluriel**, la **marque du datif est double** : **-n** à **l'adjectif possessif** et **-n au nom** (voir fiche 34).

  Die Mutter gibt ihre**n** Kinder**n** Kekse. *La mère donne des biscuits à ses enfants.*
- Lorsqu'on utilise la **3ᵉ personne du pluriel** pour vouvoyer une ou plusieurs personnes (**forme de politesse**), l'adjectif possessif **Ihr** prend une **majuscule**.

  Guten Tag Frau Berger. Wie geht es **Ihrem** Sohn?
  Bonjour madame Berger. Comment va votre fils ?

JE M'ENTRAÎNE Corrigés page 175

1 Jeden Samstagnachmittag spiele ich Fußball mit … Freunden.

a meine b meinen c meiner

2 Der Lehrer gibt … Schülerin eine gute Note.

a seiner b seinem c seinen

3 Was schenkst du … Opa zu Weihnachten?

a deinen b deiner c deinem

4 Die Kinder sollen … Eltern zu Hause helfen.

a ihre b ihren c ihrer

5 Die Mutter geht mit … Kind spazieren.

a ihrem b ihrer c ihren

6 Jedes Jahr fahren wir mit … Oma in die Ferien.

a unserer b unseren c unserem

7 Dankt … Lehrer von mir!

a euren b eurer c eurem

8 Ich habe heute … Chef eine E-mail geschrieben.

a meinen b meinem c meiner

vocabulaire

der Samstagnachmittag: le samedi après-midi

helfen*: aider

in die Ferien fahren*: partir en vacances

danken: remercier

43 Situer dans l'espace : le locatif

JE RETIENS

Pour indiquer **le lieu dans lequel on se trouve, situer une action ou un objet**, on utilise un **complément circonstanciel de lieu au datif**. Ce complément est **précédé d'une préposition** (**auf**, **in**, **neben** ...) et répond à la question **Wo** (*où*).

Wo ist mein Mantel? Er hängt **im** (= **in** + dem) Schrank. (der Schrank)
Où est mon manteau ? Il est accroché dans l'armoire.

Wir treffen uns **in** der Stadt. (die Stadt)
Nous nous retrouvons en ville.

Es gibt viele Touristen **im** (= **in** dem) Museum. (das Museum)
Il y a beaucoup de touristes au musée.

JE FAIS ATTENTION

- Voici les principales façons de traduire « chez », « à » ou « en » :

	LE LOCATIF **Wo?** (où)
« chez »	Ich bin **bei** Oma. *Je suis chez Mamie.*
« à la maison »	Ich bin **zu** Hause. *Je suis à la maison.*
avec un nom de pays ou de ville	Felix wohnt **in** Deutschland. *Felix habite en Allemagne.* Meine Cousine lebt **in** Berlin. *Ma cousine vit à Berlin.* Mais : Mein Onkel wohnt **in der** Schweiz. *Mon oncle habite en Suisse.*

- La plupart des **prépositions spatiales** sont dites « **mixtes** ». Elles peuvent être suivies soit de l'**accusatif** soit du **datif**, selon le verbe employé dans la phrase :

auf *sur* - **über** *au-dessus* - **unter** *sous* - **vor** *devant* - **an** *contre* - **zwischen** *entre*
in *dans* - **hinter** *derrière* - **neben** *à côté*

JE M'ENTRAÎNE *Corrigés page 175*

1 In … Ecke finden Sie eine Bäckerei.

a der b dem c die

2 Wir treffen uns vor … Kino.

a den b dem c das

3 Der Teppich liegt auf … Boden.

a dem b der c den

4 Ein schönes Familienfoto hängt an … Wand.

a die b dem c der

5 Ich verbringe den Abend … meiner Freundin.

a zu b bei c nach

6 Die Katze schläft auf … Sofa.

a dem b das c der

7 Wir verbringen zwei Wochen … Salzburg.

a nach b aus c in

8 Heute Abend essen wir in … Pizzeria.

a die b der c dem

vocabulaire

die Ecke: le coin
die Bäckerei: la boulangerie
der Teppich: le tapis
der Boden: le sol
die Wand: le mur

44 Le pronom interrogatif welch-

JE RETIENS

Le **pronom interrogatif welch-** (*quel/quelle*, en français) permet de poser une **question portant sur plusieurs éléments.** Il se place **devant** un nom et prend les **mêmes terminaisons que l'article défini.** Il s'accorde donc **en genre et en nombre** avec le **groupe nominal** qu'il introduit et selon la **fonction** de celui-ci.

Welche Schüler sind heute nicht da? *Quels élèves ne sont pas là aujourd'hui ?*
sujet

Welches Buch möchtest du lesen? *Quel livre aimerais-tu lire ?*
COD

Welchem Freund schenkst du dieses Geschenk?
COI
À quel ami offres-tu ce cadeau ?

	Masculin	Féminin	Neutre	**Pluriel**
Sujet (**nominatif**)	welcher	welche	welches	welche
COD (**accusatif**)	welchen	welche	welches	welche
COI (**datif**)	welchem	welcher	welchem	welchen

Welch- peut être **précédé** d'une **préposition suivie de l'accusatif ou du datif** :

Für welche deutsche Stadt interessierst du dich?
À quelle ville allemande t'intéresses-tu ?

Mit welchem Freund verstehst du dich am besten?
Avec quel ami t'entends-tu le mieux ?

Attention, contrairement aux autres pronoms interrogatifs, **welch- ne peut pas s'utiliser seul.**

JE M'ENTRAÎNE Corrigés page 175

1 ... Datum haben wir heute?

a Welche   b Welches   c Welcher

2 In ... Restaurant habt hier gestern gegessen?

a welches   b welcher   c welchem

3 An ... Universität studiert deine ältere Schwester?

a welche   b welcher   c welchen

4 ... Schulfach magst du nicht?

a Welches   b Welche   c Welchem

5 ... Film läuft heute Abend im Kino?

a Welchen   b Welches   c Welcher

6 ... Reportage möchtest du dir ansehen?

a Welcher   b Welche   c Welches

7 In ... Klasse bist du?

a welcher   b welche   c welchen

8 Mit ... Auto seid ihr nach Stuttgart gefahren?

a welches   b welchen   c welchem

vocabulaire

das Schulfach: la matière scolaire

im Kino laufen*: passer au cinema

an/sehen*: regarder

45 L'adjectif qualificatif dans le groupe nominal défini (1) sujet et COD

JE RETIENS

L'adjectif qualificatif en allemand peut avoir **deux fonctions** :

- Il peut être **attribut du sujet**. Dans ce cas, **il ne fait pas partie du groupe nominal** et il est **invariable**.

  Das Buch ist **interessant**. *Le livre est intéressant.*

  Die Schüler sind **brav**. *Les élèves sont sages.*

- Il peut être **épithète** et **fait alors partie du groupe nominal** avec un déterminant. Il se place **devant** le nom qu'il qualifie et **s'accorde en genre et en nombre** avec celui-ci, ainsi que selon la **fonction** du groupe nominal dans la phrase.

- Dans un **groupe nominal sujet** :

  Die braun**e** Jacke hängt im Schrank. *La veste marron est suspendue dans l'armoire.*

  Das alt**e** Auto gehört mir. *La vieille voiture m'appartient.*

  Der grau**e** Pullover kostet 40€. *Le pull gris coute 40 €.*

  Die schön**en** Blumen sind für Mutti. *Les belles fleurs sont pour maman.*

- Dans un **groupe nominal COD** :

  Ich finde die braun**e** Jacke nicht. *Je ne trouve pas la veste marron.*

  Ich verkaufe das alt**e** Auto. *Je vends la vieille voiture.*

  Lisa kauft den grau**en** Pullover. *Lisa achète le pull gris.*

  Mutti dankt mir für **die** schön**en** Blumen. *Maman me remercie pour les belles fleurs.*

Quand le nom est précédé de l'article der/**die**/das **au singulier**, **l'adjectif** prend la marque **-e**.

L'adjectif prend la marque **-en** dans un **groupe nominal masculin singulier COD** et dans un **groupe nominal au pluriel (sujet et COD).**

JE FAIS ATTENTION

- Si **l'adjectif** se termine déjà par un **-e**, il ne faut pas en ajouter un :

  leise *doux/ douce* Ich mag die leis**e** Musik. *J'aime la musique douce.*

Si **l'adjectif** se termine par **-el** ou **-er**, le **-e** dans **-el** et **-er** disparaît.

  dunk**el** *sombre* das **dunkle** Zimmer *la chambre sombre*

  teu**er** *cher* das **teure** Smartphone *le smartphone cher*

- L'adjectif **hoch** a une **forme irrégulière** lorsqu'il est **épithète** :

  hoch *haut* Der Turm ist **hoch** / der **hohe** Turm *La tour est haute / la haute tour*

JE M'ENTRAÎNE Corrigés page 176

1 Der … Schüler heißt Oliver.

a neu   b neuen   c neue

2 Hast du schon die … Staffel von deiner Lieblingsserie gesehen?

a letzte   b letzten   c letzt

3 Das … Gebäude ist die Stadtbibliothek.

a modern   b moderne   c modernes

4 Die … Dame, die neben mir sitzt, ist meine Nachbarin.

a alte   b alt   c alten

5 Die … Schuhe passen gut zu deiner Hose.

a weiß   b weiße   c weißen

6 Das … Hotelzimmer kostet 100€ pro Nacht.

a größtes   b größte   c größten

7 Die … Socken sind schmutzig.

a blauen   b blau   c blaue

8 Der … Film von Michael Fassbender ist spannend.

a neuen   b neu   c neue

vocabulaire

die Staffel: la saison
die Lieblingsserie: la série préférée
das Gebäude: le bâtiment
die Nachbarin: la voisine
die Hose: le pantalon
die Socken: les chaussettes
schmutzig: sale
spannend: captivant(e)

46 Le parfait des verbes forts

JE RETIENS

Tout comme pour les verbes faibles (voir fiche 41), le **parfait des verbes forts** se forme à l'aide de **l'auxiliaire sein** (*être*) ou **haben** (*avoir*) **conjugué au présent** et du **participe passé** du verbe. Il correspond **au passé composé** en français.

Im Sommer **sind** wir nach Deutschland **gefahren**.
Cet été, nous sommes allés en Allemagne.

- Le **participe passé** se forme de la façon suivante. Il est **invariable** et se place toujours **à la fin de la phrase**.

ge + radical du verbe + **en**

fahren* *aller* : **ge** + fahr + **en** = **ge**fahr**en** *allé*

- La **voyelle du radical** de certains **verbes forts change au parfait**. Il faut donc les apprendre par cœur.

gehen* *aller* Gestern sind meine Eltern ins Theater ge**gang**en.
Hier mes parents sont allés au cinéma.

trinken* *boire* Zum Frühstück habe ich eine Tasse Kaffee ge**trunk**en.
J'ai bu une tasse de café au petit déjeuner.

JE FAIS ATTENTION

- La **plupart des verbes** forment leur **parfait** avec l'auxiliaire **haben**. C'est aussi le cas des **verbes pronominaux**.

sich waschen* *se laver*
Wir **haben** uns die Hände **gewaschen**. *Nous nous sommes lavé les mains.*

- On utilise l'auxiliaire **sein** dans les cas suivants :

- avec **sein** lui-même :

Du **bist** nett **gewesen**. *Tu as été gentil.*

- avec le verbe **bleiben***

Ich **bin** zu Hause **geblieben**. *Je suis resté(e) à la maison.*

- avec tous les verbes indiquant un **changement de lieu** : **gehen*** - **fahren*** - **kommen*** - **aufstehen*** - **schwimmen***, **laufen*** ...

Ich **bin** um 7Uhr **aufgestanden**. *Je me suis levé à 7 heures.*

- avec les **verbes d'état** : **werden*** (devenir), **ein/schlafen*** (s'endormir), **schmelzen*** (fondre) :

Er **ist** früh **eingeschlafen**. *Il s'est endormi tôt.*

JE M'ENTRAÎNE Corrigés page 176

1 In Wien … wir unsere österreichische Freunde getroffen.

[a] haben [b] sind

2 Es … mir gelungen, den Weg wiederzufinden.

[a] hat [b] ist

3 Wann … ihr den Film gesehen?

[a] habt [b] seid

4 Du … einen Brief von deinem Austauschpartner bekommen.

[a] hast [b] bist

5 Die Schüler … die Übung nicht verstanden.

[a] haben [b] sind

6 Annika und ihre Freundin … den ganzen Nachmittag geritten.

[a] haben [b] sind

7 Ich … mich mit meiner Freundin gestritten.

[a] habe [b] bin

8 Die Familie Weber … nach München umgezogen.

[a] hat [b] ist

vocabulaire

gelingen* (gelungen): réussir

reiten* (geritten): faire du cheval

sich streiten* (gestritten): se disputer

um/ziehen* (umgezogen): déménager

47 Le locatif et le directif

JE RETIENS

En allemand, il faut toujours distinguer **le lieu où l'on est (le locatif)** du **lieu où l'on va (le directif)**. On utilise des **prépositions** pour introduire ces compléments de lieu. Certaines **prépositions** sont dites « **mixtes** ». Cela signifie qu'elles sont suivies soit de **l'accusatif**, lorsqu'on indique le lieu **où l'on va**, soit du **datif**, lorsqu'on indique le lieu **où l'on est** (voir fiche 43). Les prépositions mixtes sont : **auf / über / unter / vor / an /zwischen / in / neben / hinter**. Voici quelques exemples.

LOCATIF (préposition + datif)	DIRECTIF (préposition + accusatif)
Das Buch ist **auf** dem Regal. *Le livre est sur l'étagère.*	Ich stelle das Buch **auf** das Regal. *Je pose le livre sur l'étagère.*
Ich warte **vor** dem Park auf dich. *Je t'attends devant le parc.*	Das Auto fährt **vor** den Eingang vor. *La voiture s'avance devant l'entrée.* *(= pour aller vers un point devant l'entrée)*
In der Stadt gibt es viele Boutiquen. *Il y a beaucoup de boutiques en ville.*	Wir gehen heute Nachmittag **in** die Stadt. *Nous allons en ville cet après-midi.*

JE FAIS ATTENTION

- Il existe également un certain nombre de **verbes de position** qui indiquent où se trouve une personne ou un objet. Ils s'emploient avec des **prépositions suivies du datif**. Comme l'indique l'astérisque, ces **verbes sont forts**.

  stehen* *être debout* Mein Freund **steht** vor der Tür. *Mon ami est devant la porte.*
  sitzen* *être assis* Ich **sitze** auf dem Sofa und lese. *Je suis assis sur le canapé et je lis.*
  liegen* *être couché* Die Katze **liegt** auf dem Bett. *Le chat est couché sur le lit.*
  hängen* *être accroché* Das Foto **hängt** an der Wand. *La photo est accrochée au mur.*

- À ces quatre verbes de position correspondent quatre **verbes de mouvement**. Ce sont des **verbes faibles**. Ils s'emploient avec des **prépositions suivies de l'accusatif**.

  stellen *poser* **Stell** bitte die Vase auf den Tisch! *Pose le vase sur la table !*
  (sich) setzen *s'asseoir* **Setz** dich bitte neben deine Freundin.
  Assieds-toi à côté de ton amie.
  legen *mettre/poser à plat* Sie **legt** das Blatt Papier auf den Schreibtisch.
  Elle pose la feuille sur le bureau.
  hängen *accrocher* Du **hängst** das Plakat an die Wand. *Tu accroches l'affiche au mur.*

JE M'ENTRAÎNE Corrigés page 176

1 Die Bäckerei … zwischen der Post und der Bank.

a stellt   b liegt   c steht

2 In der Klasse … Paul neben mir.

a sitzt   b setzt   c stellt

3 … bitte dein Fahrrad in die Garage!

a Steh   b Stell   c Setz

4 Ich … meine Jeansjacke an den Kleiderständer.

a stelle   b hänge   c lege

5 Wir gehen am Nachmittag an … Strand.

a den   b dem   c der

6 Meine beste Freundin lebt an … Atlantikküste.

a die   b dem   c der

7 Meine Mutter liest ein Modemagazin … Wohnzimmer.

a ins   b im   c in der

8 Du stehst … Fenster.

a am   b ans   c an die

vocabulaire

der Kleiderständer: le porte-manteau

die Atlantikküste: la côte atlantique

das Wohnzimmer: le salon

48 Le prétérit des verbes faibles

JE RETIENS

Le **prétérit** est un **temps simple du passé** qui correspond à **l'imparfait** et au **passé simple** en français, selon le contexte. Le **prétérit** des **verbes faibles** se construit à partir du **radical** du verbe auquel on ajoute -te suivi des **terminaisons** des personnes.

spielen *jouer* radical : spiel- + -te + **terminaisons**

	spielen
ich	spielte **ø**
du	spielte**st**
er/ sie /es	spielte **ø**
wir	spielte**n**
ihr	spielte**t**
sie	spielte**n**

JE FAIS ATTENTION

- Au prétérit, il n'y a **pas de terminaison à la 1re et à la 3e personne du singulier** qui sont **identiques**.
- Au **pluriel** également, la 1re et la 3e personnes sont identiques.
- Comme au présent, les verbes faibles dont le **radical** se terminent par **-d**, **-n**, **-m** et **-t** prennent un **e** après le radical pour des raisons de prononciation.

atmen *respirer* — Er atm**e**te tief.
Il respirait/respira profondément

reden *discuter* — Sie red**e**ten von den Ferien.
Ils discutaient des vacances.

arbeiten *travailler* — Du arbeit**e**test auch am Wochenende.
Tu travaillais aussi le week-end.

Mais

wohnen *habiter* — Er wohnte in Berlin.
Il habitait/habita à Berlin.

JE M'ENTRAÎNE Corrigés page 177

1 Wir … einen Schokoladenkuchen.

[a] bereiten [b] bereiteten [c] bereit

2 Du … immer um 7Uhr.

[a] frühstück [b] frühstückst [c] frühstücktest

3 Der Schriftsteller … einen schönen Text.

[a] verfasste [b] verfasst [c] verfasstet

4 Es … den ganzen Tag.

[a] regnete [b] regnet [c] regnen

5 Die Kinder … einen Papierflieger.

[a] bastelt [b] bastelten [c] basteln

6 Ich … Butter, Mehl, Zucker und Eier für das Rezept.

[a] brauche [b] brauchtet [c] brauchte

7 Früher … meine Großeltern auf dem Land.

[a] wohnten [b] wohnen [c] wohnte

8 Als ich noch ein Kind war, … mir meine Oma schöne Märchen.

[a] erzählt [b] erzähltet [c] erzählte

vocabulaire

frühstucken: prendre le petit déjeuner
der Schriftsteller: l'écrivain
verfassen: rédiger
regnen: pleuvoir
basteln: fabriquer
der Papierflieger: l'avion en papier
früher: autrefois
das Märchen: le conte

49 Le prétérit des verbes de modalité

JE RETIENS

Le **prétérit** des **verbes de modalité** se forme comme le prétérit des verbes faibles à partir du **radical** du verbe auquel on ajoute -te. **L'inflexion** (*Umlaut*) sur la **voyelle du radical** est **supprimée**. Pour les conjuguer, il suffit alors d'ajouter les **terminaisons** des personnes qui sont les suivantes :

können *pouvoir* radical : konn- + -te + **terminaisons**

	wollen	sollen	können	müssen	dürfen
ich	wollte **ø**	sollte **ø**	konnte **ø**	musste **ø**	durfte **ø**
du	wollte**st**	sollte**st**	konnte**st**	musste**st**	durfte**st**
er/sie/es	wollte **ø**	sollte **ø**	konnte **ø**	musste **ø**	durfte **ø**
wir	wollte**n**	sollte**n**	konnte**n**	musste**n**	durfte**n**
ihr	wollte**t**	sollte**t**	konnte**t**	musste**t**	durfte**t**
sie /Sie	wollte**n**	sollte**n**	konnte**n**	musste**n**	durfte**n**

Au **prétérit**, la **1re et la 3e personne du singulier** sont **identiques**. Il en est de même au **pluriel**.

JE FAIS ATTENTION

Seul le verbe de modalité **mögen** a une **forme irrégulière** au **prétérit** :

	mögen
ich	mochte **ø**
du	mochte**st**
er/sie/es	mochte **ø**
wir	mochte**n**
ihr	mochte**t**
sie /Sie	mochte**n**

⚠ Il ne faut pas confondre : **ich mochte** (*j'aimais*) et **ich möchte** (*j'aimerais*).

JE M'ENTRAÎNE Corrigés page 177

1 Du … deine Hausaufgaben machen.

a sollst b sollest c solltest

2 Wir … nicht mitkommen.

a konnten b könnten c können

3 Katja und Emma … dich was fragen.

a wollten b wollen c wolltest

4 Ihr … nicht euer Handy nicht benutzen.

a dürftet b durftet c dürft

5 Mein Computer war kaputt. Ich … einen neuen kaufen.

a muss b müsste c musste

6 Du … nicht hinausgehen, denn du warst krank.

a durftest b dürftest c darfst

7 Tom … nicht länger bleiben.

a wolltet b wollte c wollt

8 Die Kinder … den Kuchen nicht.

a mögen b möchten c mochten

vocabulaire

benutzen: utiliser
der Computer: l'ordinateur
kaputt: cassé(e)
länger: plus longtemps

50 Les pronoms indéfinis jemand et niemand / etwas et nichts

JE RETIENS

Le pronom indéfini **jemand** signifie « quelqu'un ». **Niemand** est la forme négative de **jemand** et signifie « personne ».

Ist da **jemand**?
Il y a quelqu'un ?

Niemand antwortet.
Personne ne répond.

- **Jemand** et **niemand** peuvent se décliner, c'est-à-dire **changer de terminaison** selon **la fonction** qu'ils occupent dans la phrase.

	jemand	niemand
Sujet (Nominatif)	jemand	niemand
COD (Accusatif)	jemand ou jemand**en**	niemand ou niemand**en**
COI (Datif)	jemand ou jemand**em**	niemand ou niemand**em**

Ich habe **jemanden** angerufen.
J'ai appelé quelqu'un.

Sie danken **niemandem**.
Ils ne remercient personne.

- Le pronom indéfini **etwas** signifie « quelque chose ».

Hast du **etwas** mitgebracht?
As-tu apporté quelque chose ?

Hast du **etwas** von ihm gehört?
As-tu eu de ses nouvelles ?

- **Nichts** (*rien*) est la forme négative de **etwas**.

Ich habe **nichts** gesehen.
Je n'ai rien vu.

⚠ **nichts** et **etwas** sont **invariables**.

JE M'ENTRAÎNE Corrigés page 177

1 Hat … bitte einen Taschentuch für mich?

a jemand b etwas c jemanden

2 Haben Sie mit … gesprochen?

a jemandem b jemanden c niemand

3 Ich habe mich auf der Party gelangweilt, denn ich kannte … .

a nichts b niemanden c etwas

4 … hat angerufen.

a Etwas b Niemand c Nichts

5 Deine Mutter möchte dir … erzählen.

a jemand b niemand c etwas

6 Was hat der Lehrer gesagt? Ich habe … verstanden!

a nichts b niemand c etwas.

7 Hast du Durst? Möchtest du … trinken?

a jemanden b nichts c etwas

8 Komm! Ich möchte dir … vorstellen.

a jemandem b jemanden c etwas

vocabulaire

der Taschentuch: le mouchoir

sprechen* **(gesprochen):** parler

kennen*: connaître

erzählen: raconter

51 Les verbes prépositionnels

JE RETIENS

En allemand, il existe un certain nombre de **verbes prépositionnels**. Ce sont des verbes dont le **complément d'objet** est introduit par **une préposition suivie de l'accusatif ou du datif**. La préposition se place alors **devant le complément**.

Voici quelques verbes courants accompagnés de leur **préposition suivie de l'accusatif**.

Préposition	Exemples
an (*+accusatif*)	**an** jemanden denken *penser à quelqu'un* sich **an** jemanden/etwas erinnern *se souvenir de quelqu'un/de quelque chose*
auf (*+accusatif*)	sich **auf** etwas freuen *se réjouir de quelque chose* sich **auf** jemanden verlassen* *se fier à quelqu'un*
für (*+accusatif*)	sich **für** etwas interessieren *s'intéresser à quelque chose*
über (*+accusatif*)	sich **über** jemanden lustig machen *se moquer de quelqu'un* **über** etwas diskutieren *discuter de quelque chose*
um (*+accusatif*)	sich **um** jemanden/ etwas kümmern *s'occuper de quelqu'un/de quelque chose* sich **um** jemanden Sorgen machen *se faire du souci pour quelqu'un*
in (*+accusatif*)	sich **in** jemanden verlieben *tomber amoureux de quelqu'un*

Voici quelques verbes accompagnés de leur **préposition suivie du datif**.

Préposition	Exemples
an (*+datif*)	**an** etwas teil/nehmen* *participer à quelque chose*
aus (*+datif*)	**aus** etwas bestehen* *se composer de quelque chose*
bei (*+datif*)	sich **bei** jemandem entschuldigen *s'excuser auprès de quelqu'un*
mit (*+datif*)	**mit** jemandem telefonieren *téléphoner à quelqu'un* sich **mit** jemandem verstehen* *s'entendre avec quelqu'un*
nach (*+datif*)	**nach** etwas suchen *être à la recherche de quelque chose*
vor (*+datif*)	**vor** etwas Angst haben *avoir peur de quelque chose*
von (*+datif*)	**von** etwas sprechen* *parler de quelque chose* **von** etwas/jemandem ab/hängen* *dépendre de quelque chose/de quelqu'un*
zu (*+datif*)	**zu** etwas ein/laden* *inviter à quelque chose*

Il est important de mémoriser ces verbes avec leur préposition.

JE M'ENTRAÎNE *Corrigés page 178*

1 Diese Jahr nehme ich … einem Schüleraustausch teil.

a aus   b an   c für

2 Meine Elter interessieren sich … klassische Musik.

a für   b an   c auf

3 Lena kann sich … ihre beste Freundin verlassen.

a von   b an   c auf

4 Erinnerst du dich … deine Kindheit?

a an   b von   c um

5 Meine Mutter hat Angst … Spinnen.

a von   b vor   c auf

6 Deutschland besteht … 16 Bundesländern.

a von   b aus   c mit

7 Beeile dich! Alle warten … dich!

a an   b um   c auf

8 Lukas ist … Marie verliebt.

a in   b von   c auf

vocabulaire

der Schüleraustausch: l'échange scolaire

die Kindheit: l'enfance

die Spinne: l'araignée

52 Les pronoms interrogatifs avec wo-

JE RETIENS

En allemand, il est possible de former des **mots interrogatifs** en associant le **pronom interrogatif** **wo** à une **préposition**. **Wo** perd alors sons sens initial (*où*) :

Wo + für **Wofür** interessierst du dich? *À quoi t'intéresses-tu ?*

Wo + von **Wovon** habt ihr gesprochen? *De quoi avez-vous parlé ?*

Ces **prépositions** sont souvent associées à des **verbes** (voir fiche 51) ou à des **adjectifs** :

zufrieden mit *satisfait de*

Womit bist du **zufrieden**? *De quoi es-tu satisfait ?*

Ich bin **mit** meiner Arbeit **zufrieden**. *Je suis satisfait de mon travail.*

JE FAIS ATTENTION

Lorsque la **préposition** commence par une **voyelle** (**an**/ **auf** / **aus** / **über** / **um**), il faut intercaler un **r** entre **wo** et la préposition :

wo**r**an / wo**r**auf / wo**r**aus / wo**r**über / wo**r**um

Woran denkst du? *À quoi penses-tu ?*

Worum handelt es sich? *De quoi s'agit-il ?*

Attention, ces mots interrogatifs permettent de poser des questions sur des **choses** mais **jamais** sur des **personnes**.

Woran denkst du? *À **quoi** penses-tu ?*

mais :

An wen denkst du? *À **qui** penses-tu ?*

POUR EN SAVOIR PLUS

Certains adjectifs suivent le même procédé. En voici quelques-uns, accompagnés de leur préposition.

aufmerksam **auf** (+ *accusatif*) *attentif à*

stolz **auf** (+ *accusatif*) *fier de*

dankbar **für** (+ *accusatif*) *reconnaissant de*

verantwortlich **für** (+ *accusatif*) *responsable de*

zufrieden **mit** (+ *datif*) *satisfait de*

fähig **zu** (+ *datif*) *capable de*

JE M'ENTRAÎNE Corrigés page 178

1 … erinnerst du dich?

a Worauf b Wofür c Woran

2 … nehmen die Schüler teil?

a Worauf b Woran c Woraus

3 … hat Julia Angst?

a Wozu b Wofür c Wovor

4 … fährt Timo in die Schule? Mit dem Bus oder mit dem Fahrrad?

a Womit b Worauf c Wofür

5 … ist der Tisch gemacht?

a Worauf b Woraus c Wovon

6 Papa, … suchst du denn?

a woran b wonach c wovon

7 … freuen sich die Kinder?

a Woran b Wovon c Worauf

8 … brauchst du 50 Euro?

a Worauf b Wofür c Woran

vocabulaire

Angst haben: avoir peur

der Tisch: la table

brauchen: avoir besoin de

53 L'auxiliaire **werden** au présent et l'expression du futur

JE RETIENS

Werden est, avec **sein** (*être*) et **haben** (*avoir*), le troisième **auxiliaire** en allemand. Utilisé seul, c'est le verbe qui signifie « devenir ». Mais, en tant qu'auxiliaire, il permet de former d'autres temps, notamment le **futur**.

Sa conjugaison au **présent** est **irrégulière**.

Die Schülerin **wird** plötzlich rot. *Tout à coup, l'élève rougit (= devient rouge).*

	werden (*devenir*)
ich	werde
du	**wirst**
er/sie/es	**wird**
wir	werden
ihr	werdet
sie/Sie	werden

JE FAIS ATTENTION

- Le **futur** est un **temps composé** en allemand. Il se forme à l'aide de **werden** conjugué **au présent** et de **l'infinitif** du verbe que l'on veut mettre au futur. **L'infinitif** se place **à la fin de la phrase**.

Wir **werden** bald ein neues Auto **kaufen**. *Nous achèterons bientôt une nouvelle voiture.*

Ce temps est utilisé pour exprimer des **projets à venir**, une **intention**, un **pronostic** ou une **supposition**.

Mach dir keine Sorgen! Du **wirst** bestimmt eine gute Note **haben**.
Ne t'inquiète pas ! Tu auras certainement une bonne note.

- Cependant, comme en français, l'allemand utilise plus volontiers **le présent** pour exprimer **une action à venir**. On retrouve alors un **complément** ou un **adverbe de temps** dans la phrase (**morgen** *demain*, **übermorgen** *après-demain*, **nächste Woche** *la semaine prochaine*, **nächsten Monat** *le mois prochain*, **nächstes Jahr** *l'an prochain …*).

Nächstes Jahr **fahre** ich nach Österreich.
L'année prochaine je vais aller/ j'irai en Autriche.

Le **présent à valeur de futur** est utilisé quand on est quasiment **certain que l'évènement va avoir lieu**.

JE M'ENTRAÎNE Corrigés page 178

1 Lukas … vielleicht in den USA studieren.

a werdet b wird c werde

2 Für deine Arbeit … du viel reisen.

a wird b werdet c wirst

3 Wir … eine Reise um die Welt machen.

a werden b werdet c wird

4 Warum ist Lisa heute nicht da? Sie … wahrscheinlich krank sein.

a wird b werdet c werde

5 Es … bald regnen.

a werdet b werde c wird

6 In den nächsten Jahren … die Temperaturen weiter steigen.

a werden b werdet c wird

7 Wir … versuchen, mehr Geld zu sparen.

a werde b werdet c werden

8 Wetten, dass ihr das Spiel gewinnen …!

a werden b werdet c wird

vocabulaire

die Reise: le voyage	**steigen*:** monter	**sparen:** économiser
die Welt: le monde	**versuchen:** essayer	**wetten:** parier

54 L'interrogative indirecte introduite par ob et par les pronoms interrogatifs

JE RETIENS

- **L'interrogative indirecte** sert à **rapporter** les **questions** posées par quelqu'un ou que l'on se pose soi-même. On construit alors une proposition subordonnée introduite soit par un **pronom interrogatif** soit par la **conjonction de subordination ob** (*si*).

„**Woher** kommst du?"	Ich möchte wissen**,** **woher** du kommst.
« D'où viens-tu ? »	*J'aimerais savoir d'où tu viens.*
„**Wohin** gehst du?"	Ich möchte wissen, **wohin** du gehst.
« Où vas-tu ? »	*J'aimerais savoir où tu vas.*

- Dans l'interrogative indirecte, les pronoms relatifs **woher** et **wohin** jouent le rôle de conjonctions de subordination. Dans la subordonnée, le **verbe conjugué se place à la fin** de la phrase.

„Arbeitest du jetzt in München?"

« Travailles-tu à Munich maintenant ? »

Ich möchte wissen**, ob** du jetzt in München arbeitest.

J'aimerais savoir si tu travailles à Munich maintenant.

Dans cet exemple, la question au **style direct** commence par un **verbe**. Il faut donc utiliser la conjonction de subordination **ob** (*si*) pour rapporter les propos dans l'interrogative indirecte.

JE FAIS ATTENTION

Certains verbes permettent d'introduire les questions au style indirect. En voici quelques-uns :

fragen *demander*

sich fragen *se demander*

wissen* wollen* *vouloir savoir*

⚠ Il faut toujours séparer la proposition principale de la proposition subordonnée interrogative par une **virgule**. Celle-ci est **obligatoire**.

JE M'ENTRAÎNE Corrigés page 179

1 Tim: „Wohnt Lukas in einem Haus oder in einer Wohnung ?"
Tim möchte wissen, ... Lukas in einem Haus oder in einer Wohnung wohnt.

a wo b woher c ob

2 Die Lehrerin: „Wo ist Anja?"
Die Lehrerin fragt, ... Anja ist.

a wo b woher c ob

3 Die Mutter: „Warum weint das Baby?"
Die Mutter will wissen, ... das Baby weint.

a ob b warum c wie

4 Lisa: „Für wen ist der Brief?"
Lisa fragt sich, ... der Brief ist.

a wofür b ob c für wen

5 Alex: „Wann besuchen wir Opa und Oma?"
Alex will wissen, ... wir Opa und Oma besuchen.

a ob b wann c warum

6 Monika: „Kann jemand mir helfen?"
Monika fragt, ... jemand ihr helfen kann.

a ob b wie c warum

7 Frau Schmidt: „Haben Sie Kinder Frau Weber?"
Frau Schmidt möchte wissen, ... Frau Weber Kinder hat.

a welcher b ob c was

8 Nina: „Um wie viel Uhr kommt der Zug an?"
Nina fragt, ... der Zug ankommt.

a wie b ob c um wie viel Uhr

vocabulaire

besuchen: rendre visite à
der Beruf: le métier

55 Le prétérit des verbes forts

JE RETIENS

Nous avons déjà vu le prétérit des auxiliaires, des verbes faibles et des verbes de modalité (voir fiches 40, 48 et 49).

- Le **prétérit** est utilisé à l'écrit pour raconter des **faits** ou **événements passés et achevés**. On le retrouve notamment dans les contes, les récits biographiques ou historiques. Il correspond à **l'imparfait** et au **passé simple** en français.
- Le **prétérit des verbes forts** doit être mémorisé par cœur car il est **irrégulier**. La **voyelle du radical** du verbe fort **change** mais les **terminaisons** sont les mêmes que pour les verbes faibles, à savoir : **ø, -st, ø, au singulier** et **-(e)n, -t, -(e)n au pluriel**.

kommen* *venir* — Julia **kam** gegen 17Uhr.
Julia arriva vers 17 heures.

treffen* *rencontrer* — Sie **traf** ihre beste Freundin im Eiscafé.
Elle retrouva sa meilleure amie chez un glacier.

spazieren gehen* *aller se promener* — Danach **gingen** sie spazieren.
Ensuite, elles allèrent se promener.

schlagen* *frapper* — Der Prinz **schlug** den Drachen.
Le prince frappa le dragon.

	kommen (*venir*)	gehen (*aller*)
ich	kam ø	ging ø
du	kamst	gingst
er/sie /es	kam ø	ging ø
wir	kamen	gingen
ihr	kamt	gingt
sie	kamen	gingen

JE M'ENTRAÎNE *Corrigés page 179*

1 Letztes Jahr … wir ins Ausland. (fahren*)

a gefahren   b fuhren   c fahren

2 Mozart … im Jahre 1791. (sterben*)

a starb   b stirbt   c gestorben

3 Im Sommer … ich gerne Eis. (essen*)

a esse   b hasse   c aß

4 1989 … die Berliner Mauer. (fallen*)

a fiel   b fällt   c falle

5 Tom … mir ein interessantes Buch. (geben*)

a gibt   b gabt   c gab

6 Ihr … das Pergamonmuseum in Berlin sehr interessant. (finden*)

a findet   b fandet   c fand

7 Du … nie Kaffee.(trinken*)

a trankst   b trinkst   c trankt

8 Als du jung warst, … du viele Comics. (lesen*)

a liest   b last   c lasst

vocabulaire

die Berliner Mauer:
le mur de Berlin

die Comics:
les bandes dessinées

56 La proposition subordonnée relative (1) sujet et COD

JE RETIENS

La **proposition subordonnée relative** permet d'apporter des **informations supplémentaires** sur un nom. Elle est introduite par un **pronom relatif** qui **s'accorde en genre et en nombre** avec le nom qu'elle détermine. Il faut également tenir compte de la **fonction** du pronom relatif dans la phrase (**sujet** ou **COD**) pour choisir sa forme.

Nina ist das Mädchen, das bei mir in der Nähe wohnt.
(das : *pronom relatif sujet*)
Nina est la fille qui habite près de chez moi.

Kennst du die Dame, die ich gestern getroffen habe?
(die : *pronom relatif COD*)
Connais-tu la dame que j'ai rencontrée hier ?

Les pronoms relatifs sujet et COD ont la même forme que l'article défini.

Pronom relatif	Sujet	COD
Masculin	der	den
Féminin	die	die
Neutre	das	das
Pluriel	**die**	**die**

JE FAIS ATTENTION

Comme dans toutes les propositions subordonnées, il faut séparer la proposition principale de la relative par **une virgule**. Celle-ci se place **avant le pronom relatif**. Dans la subordonnée, le **verbe conjugué** est quant à lui rejeté **à la fin**.

POUR EN SAVOIR PLUS

Parfois, la proposition subordonnée relative peut être **incise**, c'est-à-dire qu'elle se place directement **après son antécédent** et se retrouve **à l'intérieur de la principale**. La proposition relative doit alors être **encadrée par des virgules**.

Der Hund**, der den ganzen Tag bellt,** gehört meinem Nachbar.
Le chien, qui aboie toute la journée, appartient à mon voisin.

JE M'ENTRAÎNE *Corrigés page 179*

1 Hast du schon den Western gesehen, ... im Kino läuft?

a der   b den   c die

2 Wo sind die neuen Schuhe, ... du gestern gekauft hast?

a den   b das   c die

3 Der Text, ... die Schüler übersetzen sollen, ist sehr lang.

a der   b den   c das

4 Kennst du die Sängerin, ... dieses Lied singt?

a die   b das   c der

5 Ist das meine Jacke, ... dort auf dem Sofa liegt?

a den   b die   c das

6 Wie heißt der letzte Roman, ... du gelesen hast?

a der   b den   c das

7 Haben Sie die Fotos, ... wir in den Ferien gemacht haben?

a das   b den   c die

8 Das Glas, ... auf dem Tisch steht, ist leer.

a das   b die   c der

vocabulaire

übersetzen: traduire

die Sängerin: la chanteuse

das Lied: la chanson

die Jacke: la veste

57 Les verbes faibles irréguliers

JE RETIENS

Les **verbes faibles irréguliers** sont des verbes qui suivent à la fois les règles de conjugaison des verbes faibles et des verbes forts. On dit également qu'ils sont **mixtes**. Il en existe huit au total.

brennen *brûler*
wenden *tourner/retourner*
rennen *courir*
senden *envoyer*
nennen *nommer*
denken *penser*
kennen *connaître*
bringen *apporter*

- **Au présent**, ces verbes ont une **conjugaison régulière**, tout comme les verbes faibles (voir fiche 4).

  kennen **Kennst** du dieses Mädchen? *Connais-tu cette fille ?*

- **Au prétérit**, on **ajoute -te** au **radical** du verbe (comme pour les verbes faibles) mais la **voyelle change**.

  denken Ich **dachte**, du warst nicht da. *Je pensais que tu n'étais pas là.*

- **Au parfait**, pour former le **participe passé**, on ajoute le préfixe **ge-** au **radical** et la **terminaison -t**, mais là encore la **voyelle du radical change**.

  denken Warum hast du das **gedacht**? *Pourquoi as-tu pensé cela ?*
  bringen Ich habe die Getränke **gebracht**. *J'ai apporté les boissons.*

JE FAIS ATTENTION

Il faut apprendre par cœur le prétérit et le parfait de ces verbes.

		PRÉTÉRIT	PARFAIT
brennen	*brûler*	er brann**te**	er hat ... gebrann**t**
kennen	*connaître*	er kann**te**	er hat ... gekann**t**
nennen	*nommer*	er nann**te**	er hat ... genann**t**
rennen	*courir*	er rann**te**	er ist ... gerann**t**
senden	*envoyer* *émettre (radio)*	er sand**te** er sende**te**	er hat ... gesand**t** er hat ... gesende**t**
wenden	*tourner* *retourner*	er wande**te** er wende**te**	er hat ... gewand**t** er hat ... gewende**t**
bringen	*apporter*	er brach**te**	er hat ... gebrach**t**
denken	*penser*	er dach**te**	er hat ... gedach**t**

JE M'ENTRAÎNE Corrigés page 180

1 Meine Cousine hat ihr Baby Tom … .

a nannte   b genannt   c nennt

2 Das ganze Haus … in der Nacht.

a gebrannt   b brenne   c brannte

3 Oma hat mir ein Geschenk … .

a brachte   b bringen   c gebracht

4 Du … mir eine Postkarte aus Bayern.

a sandtest   b sandte   c gesandt

5 Ich habe an dich die ganze Zeit … .

a dachte   b gedacht   c denken

6 Wir … uns seit der Grundschule.

a kannten   b gekannt   c können

7 Der Zeuge ist sofort zur Polizei … .

a rennt   b rannte   c gerannt

8 Jonas … sich beunruhigt an seine Eltern.

a wandtet   b wandte   c gewandt

vocabulaire

Bayern: la Bavière
die Grundschule: l'école primaire
der Zeuge: le témoin
sofort: tout de suite
beunruhigt: inquiet(-iète)

58 L'expression du but avec um...zu et damit

JE RETIENS

Pour exprimer **une intention** ou **un but**, on peut utiliser :

- la structure infinitive **um...zu** (*pour*) + verbe à l'infinitif ; **um** se place **après la virgule** et **zu** + verbe à l'infinitif à la **fin de la phrase** :

  Ich sparre Geld**, um** mir ein neues Auto **zu kaufen**.
  J'économise de l'argent pour m'acheter une nouvelle voiture.

- la proposition subordonnée introduite par la conjonction **damit** (*afin que/ pour que*) :

  Der Lehrer erklärt die Vokabeln**, damit** die Schüler besser verstehen.

  Le professeur explique les mots de vocabulaire afin que les élèves comprennent mieux.

Attention, comme dans toutes les subordonnées conjonctives, **le verbe conjugué** se place **à la fin de la phrase**.

JE FAIS ATTENTION

Quand utiliser **um...zu** ou **damit** ?

- Lorsque les **sujets** de la principale et de la subordonnée sont **différents**, il faut obligatoirement utiliser **damit**.

  Meine Mutter macht die Tür auf. Wir gehen herein.
  Ma mère ouvre la porte. Nous entrons.

  Meine Mutter macht die Tür auf, **damit** wir hereingehen.
  Ma mère ouvre la porte pour que nous entrions

- Lorsque le **sujet** est le **même**, les deux structures sont possibles.

  Ich beeile mich. Ich will den Bus nicht verpassen.
  Je me dépêche. Je ne veux pas manquer le bus.

  a. Ich beeile mich, **um** den Bus nicht **zu** verpassen.
  Je me dépêche pour ne pas manquer le bus.

  b. Ich beeile mich, **damit** ich den Bus nicht verpasse.
  Je me dépêche pour ne pas manquer le bus.

Les phrases **a** et **b** ont le même sens. Attention, en allemand, **damit** est suivi de **l'indicatif**.

JE M'ENTRAÎNE Corrigés page 180

1 Ich treibe viel Sport, ... fit ... bleiben.

a um ... zu b damit ... Ø

2 Du stellst den Wecker auf 7 Uhr, ... du früh ... aufstehst.

a um ... zu b damit ... Ø

3 Sophie bleibt zu Hause, ... ihr kleiner Bruder nicht allein ... bleibt.

a um ... zu b damit ... Ø

4 Ihr organisiert eine Party, ... Thomas' Geburtstag ... feiern.

a um ... zu b damit ... Ø

5 Wir brauchen einen Ball ... spielen.

a um zu b damit

6 Marc nimmt an einem Austausch teil, ... seine Kenntnisse ... verbessern.

a um zu b damit ... Ø

7 Tina hilft ihrer besten Freundin in Mathe, ... sie bessere Noten ... bekommt.

a um ... zu b damit ... Ø

8 Ich muss Tina anrufen, ... sie ein ... laden.

a um ... zu b damit ... Ø

vocabulaire

Sport treiben*: faire du sport

die Kenntnisse: les connaissances

der Austausch: l'échange

59 La proposition subordonnée infinitive

JE RETIENS

- Certains **verbes** ou **expressions** en allemand peuvent être complétés par une **proposition infinitive** introduite par la **préposition zu**.

Hast du Lust, **heute Abend ins Kino zu gehen***?
verbe à l'infinitif

- La **proposition subordonnée infinitive** est séparée de la **proposition principale** par une **virgule**. Le **verbe à l'infinitif, précédé de la préposition zu** se place à la **fin de la phrase**. Lorsque le **groupe infinitif** est **simple**, c'est-à-dire **sans complément, la virgule disparaît.**

Die Schüler haben überhaupt keine Lust **zu arbeiten**.
Les élèves n'ont absolument pas envie de travailler.

- **L'infinitif** peut également être **complément** d'un **adjectif** ou d'un **nom**.

Es ist **toll,** den Nachmittag mit dir **zu verbringen***.
C'est chouette de passer l'après-midi avec toi.

Hast du **Zeit,** mit mir in die Stadt **zu gehen***?
As-tu le temps d'aller en ville avec moi ?

JE FAIS ATTENTION

Dans certains cas, **l'infinitif** n'est **jamais précédé de zu** :

- dans une phrase au **futur** :
  Ich **werde** dich **vermissen**. *Tu me manqueras.*
- lorsqu'il accompagne un **verbe de modalité** :
  Kann ich dir **helfen***? *Puis-je t'aider ?*
- après les verbes **lassen*** *(laisser, faire faire quelque chose)*, **hören** *(entendre)*, **sehen*** *(voir)* :
  Mein Vater **lässt** sein Auto **reparieren**.
  Mon père fait réparer sa voiture.
  Wir **hören** jemanden **singen***.
  Nous entendons quelqu'un chanter.
  Ich **sehe** ihn **arbeiten**. *Je le vois travailler.*

JE M'ENTRAÎNE Corrigés page 180

1 Möchtest du ein Eis … essen?

[a] zu [b] ø

2 Wir haben vor, heute Abend Bowling … spielen.

[a] zu [b] ø

3 Tim hat keine Angst, mit dem Fallschirm ab … springen.

[a] zu [b] ø

4 Das Haus meiner Nachbarin ist … verkaufen.

[a] zu [b] ø

5 Im Zoo dürfen die Besucher die Tiere nicht … füttern.

[a] zu [b] ø

6 Seid ihr froh, nach Amerika … fliegen?

[a] zu [b] ø

7 Lass mich … sehen, was du gezeichnet hast.

[a] zu [b] ø

8 Du solltest deine Hausaufgaben … machen.

[a] zu [b] ø

vocabulaire

der Fallschirm: le parachute

die Besucher: les visiteurs

füttern: nourrir

fliegen*: voler (en avion)

60 Le génitif

JE RETIENS

- Le **génitif** en allemand correspond à la **fonction complément du nom**. On l'utilise, entre autres, pour donner une **information supplémentaire sur un nom** et traduire **l'appartenance**. Il se place **après le nom qu'il détermine**.

  Der Hund **meines Freunds** ist ein Schäferhund.
  Le chien de mon ami est un berger allemand.

  Das Haus **meiner Oma** ist groß. *La maison de ma grand-mère est grande.*

  Das Auto **meiner Eltern** ist neu. *La voiture de mes parents est neuve.*

- La marque du **génitif**, dans les groupes nominaux **masculins et neutres**, est le **-s** final que prennent le **déterminant** et le **nom**. Dans les groupes nominaux **féminins** et **pluriels**, **seul le déterminant prend la marque -r**.

JE FAIS ATTENTION

- Pour les **noms masculins et neutres**, **on ajoute** parfois un **-e au nom** en plus du **-s** pour faciliter la prononciation.

  Der Hut **des** Mann**es** ist elegant. (der Mann) *Le chapeau de l'homme est élégant.*

  Die Mütze **des** Kind**es** ist rot. (das Kind) *La casquette de l'enfant est rouge.*

- Lorsque les noms se terminent par **-s**, **-ß**, **-x** et **-z**, **on ajoute toujours** un **-e** en plus du **-s**.

  Das Dach **des** Haus**es** muss repariert werden. *Le toit de la maison doit être réparé.*

Rappel :

Le **génitif saxon** (voir fiche 14) s'utilise quant à lui avec les **noms propres**, les **noms de ville et de pays**. Il se place **après le nom qu'il détermine** mais **sans article**. Le nom propre prend alors la marque **-s** du génitif

Berlin ist Deutschland**s** Hauptstadt. *Berlin est la capitale de l'Allemagne.*

Das ist Stefan**s** Handy. *C'est le téléphone portable de Stefan.*

POUR EN SAVOIR PLUS

On emploie également le **génitif après certaines prépositions** comme **wegen** *(à cause de)*, **während** *(pendant)*, **trotz** *(malgré)*.

Wegen des schlechten Wetters sind wir zu Hause geblieben.
Nous sommes restés à la maison à cause du mauvais temps.

JE M'ENTRAÎNE Corrigés page 181

1 Wie ist der Name … neuen Lehrerin?

a die b des c der

2 Hast du die Katze … Nachbarn gesehen? Sie ist weggelaufen.

a der b die c den

3 Der Gemüsegarten … ist sehr schön.

a meinem Großvater b meines Großvater
c meines Großvaters

4 Die Noten … sind sehr gut.

a den Schülern b des Schülers c die Schüler

5 Trotz … Kälte haben wir eine Radtour gemacht.

a der b die c des

6 Warum sind die Fensterladen … zu?

a des Haus b des Hauses c das Haus

7 Wir warten auf … Bus.

a Julia b Julia's c Julias

8 Wegen … gab es 5 Kilometer Stau.

a eines Unfalls b einen Unfall c eines Unfall

vocabulaire

weglaufen*: se sauver
die Kälte: le froid
der Stau: le bouchon
der Gemüsegarten: le potager
die Fensterladen: les volets

61 La proposition subordonnée relative (2) au datif et au génitif

JE RETIENS

- Le **pronom relatif** au **datif** a la **même forme** que **l'article défini singulier**. Il **s'accorde en genre et en nombre** avec le nom qu'il détermine et a pour **fonction COI**. Il peut également être **précédé d'une préposition** toujours **suivie du datif** ou d'un **verbe** qui se construit avec le **datif**.

Anja, **der** ich Ohrringe zum Geburtstag geschenkt habe, ist meine beste Freundin.
Anja, à qui j'ai offert des boucles d'oreilles pour son anniversaire, est ma meilleure amie.

Der Junge mit **dem** du sprichst, ist mein Cousin.
Le garçon avec qui tu parles est mon cousin.

Au pluriel en revanche, sa forme **change**. Le **pronom relatif pluriel** au **datif** est **denen** et non **die**.

Heute Abend treffe ich Emma und Katja, mit **denen** ich ins Restaurant gehe.
Ce soir je retrouve Emma et Katja avec qui je vais au restaurant.

Die Schüler, **denen** der Lehrer hilft, haben Schwierigkeiten in Mathe.
Les élèves que le professeur aide, ont des difficultés en maths.

- Le **pronom relatif** au **génitif** **dessen** (dont **l'antécédent** est un groupe nominal **masculin** ou **neutre**) ou **deren** (dont **l'antécédent** est un groupe nominal **féminin singulier ou pluriel**) peut se traduire en français par « dont ». **Dessen** et **deren** sont directement suivis du groupe nominal dont ils sont compléments.

Der Roman, **dessen** Titel « drei Männer im Schnee » lautet, ist sehr interessant.
Le roman dont le titre est « Trois hommes dans la neige », est très intéressant.

Attention, dans toutes les subordonnées, le **verbe conjugué** se place à **la fin de la phrase** !

JE FAIS ATTENTION

Récapitulatif des différentes formes du pronom relatif

	Masculin	Féminin	Neutre	**Pluriel**
Nominatif (sujet)	der	die	das	**die**
Accusatif (COD)	den	die	das	**die**
Datif (COI/COS)	dem	der	dem	**denen**
Génitif (complément du nom)	dessen	deren	dessen	**deren**

JE M'ENTRAÎNE Corrigés page 181

1 Stefanie, ... Bruder in den USA studiert, möchte auch nächstes Jahr ins Ausland fahren.

a dessen   b deren   c der

2 Die Schüler, mit ... wir die Party organisieren, sind alle in der 12. Klasse.

a denen   b deren   c dessen

3 Die Geschichte, von ... ich spreche, geschah während des zweiten Weltkriegs.

a dessen   b deren   c der

4 Die Tennisspieler, ... Schläger noch auf dem Tennisplatz liegen, haben gewonnen.

a dessen   b deren   c denen

5 Die Leute, bei ... wir die Ferien verbringen, sind sehr sympathisch.

a denen   b deren   c dessen

6 Die Prüfung, an ... die Studenten teilgenommen haben, war sehr schwierig.

a deren   b denen   c der

7 Die Kinder, ... du die Süßigkeiten gegeben hast, haben sich darüber gefreut.

a deren   b denen   c dessen

8 Die Frau, ... Handtasche gestohlen wurde, war verzweifelt.

a deren   b der   c denen

vocabulaire

der zweite Weltkrieg: la Seconde Guerre mondiale

die Prüfung: l'examen

die Süßigkeiten: les sucreries

62 L'adjectif qualificatif dans un groupe nominal défini (2) au datif et au génitif

JE RETIENS

Dans une leçon précédente (voir fiche 45), nous avons vu que **l'adjectif qualificatif** prend une **marque** dans un groupe nominal défini **selon le genre, le nombre** mais aussi selon **la fonction** de ce groupe nominal.

- Lorsque le groupe nominal est **au datif** et **au génitif, seul le déterminant change. L'adjectif** quant à lui prend la **marque -en** aux **trois genres** ainsi qu'au **pluriel**.

Max spielt mit seinem neu**en** Fußball. *Max joue avec son nouveau ballon de foot.*

Der Lehrer gibt **den fleißigen Schülern** gute Noten.
Le professeur donne de bonnes notes aux élèves studieux.

Die Kekse meiner nett**en** Nachbarin sind lecker.
Les biscuits de ma gentille voisine sont délicieux.

- Voici un tableau récapitulatif des **différentes marques de l'adjectif épithète** dans un groupe nominal défini suivant les différentes fonctions grammaticales.

	Masculin	Féminin	Neutre	**Pluriel**
Nominatif (sujet et attribut du sujet)	der jung**e** Mann	die schön**e** Frau	das nett**e** Kind	**die** interessant**en** **Bücher**
Accusatif (COD)	den jung**en** Mann	die schöne Frau	das nette Kind	**die** interessant**en** **Bücher**
Datif (COI/COS)	dem jung**en** Mann	der schön**en** Frau	dem nett**en** Kind	**den** interessant**en** **Büchern**
Génitif (Complément du nom)	des jung**en** Mannes	der schön**en** Frau	des nett**en** Kinds	**der** interessant**en** **Bücher**

Ainsi, il n'y a que **deux marques** possibles pour l'adjectif dans un groupe nominal défini : **-e** ou **-en**.

JE FAIS ATTENTION

Les **adjectifs** qui se **terminent par un -a** ou **dérivés des noms de villes et qui se terminent en -er** sont **invariables**.

Das Mädchen mit dem lil**a** Kleid ist meine Austauschpartnerin.
La fille à la robe violette est ma correspondante.

Wir warten auf dich in dem Berlin**er** Flughafen. *Nous t'attendons à l'aéroport de Berlin.*

JE M'ENTRAÎNE Corrigés page 181

1 Herr und Frau Müller wohnen seit zwanzig Jahren in diesem ... Haus.

a alte b alten c altes

2 Das neu ... chinesische Restaurant befindet sich auf dem Rathausplatz.

a eröffneten b eröffnetes c eröffnete

3 Ich habe heute den ... Mantel gekauft, den ich in der Boutique gesehen hatte.

a schwarze b schwarzer c schwarzen

4 Die Katze schläft auf dem ... Sessel.

a bequemen b bequeme c bequemer

5 Hast du schon von dem ... Roman von Günther Grass gehört?

a letzter b letzten c letzte

6 Die ... Rosen sind für meine Mutter. Sie hat heute Geburtstag.

a schönen b schöne c schöner

7 Das Schlafzimmer meines ... Bruders ist immer unordentlich.

a ältere b älterer c älteren

8 Was macht ihr denn in den ... Ferien?

a nächste b nächsten c nächster

vocabulaire

sich befinden*:
se situer

unordentlich:
en désordre

63 La subordonnée temporelle introduite par les conjonctions als et wenn

JE RETIENS

Als et **wenn** sont deux **conjonctions de subordination** qui signifient « quand », « lorsque ».

- **Als** s'emploie pour un **fait unique du passé**. On l'utilise souvent avec le **prétérit**.

  Als ich klein **war**, verbrachte ich jeden Mittwoch bei meinen Großeltern.
  Quand j'étais petit, je passais tous les mercredis chez mes grands-parents.

- **Wenn** s'emploie pour un **fait répétitif dans le présent ou dans le passé**, pour un **évènement qui est en train de se dérouler** dans le **présent** ou qui **aura lieu** dans le **futur**.

  Wenn das Wetter schön **ist**, mache ich immer einen langen Spaziergang mit meinem Hund.

  Quand il fait beau, je fais toujours une longue promenade avec mon chien.

  Ich höre immer Musik, **wenn** ich unterwegs **bin**.
  J'écoute toujours de la musique quand je sors.

  Wenn du morgen **kommst**, bring bitte dein Instrument mit. Dann können wir zusammen spielen.
  Quand tu viendras demain, apporte ton instrument. On pourra jouer ensemble.

JE FAIS ATTENTION

Il ne faut pas confondre **wann** (*quand*) pronom interrogatif et la conjonction de subordination **wenn** (*quand, lorsque*).

Wann hat Tom Geburtstag?
C'est quand l'anniversaire de Tom ?

Tom organisiert immer ein großes Fest, **wenn** er Geburtstag hat.
Tom organise toujours une grande fête quand (= lorsque) c'est son anniversaire.

⚠ dans toutes les propositions subordonnées, le **verbe conjugué se place à la fin** !

JE M'ENTRAÎNE Corrigés page 182

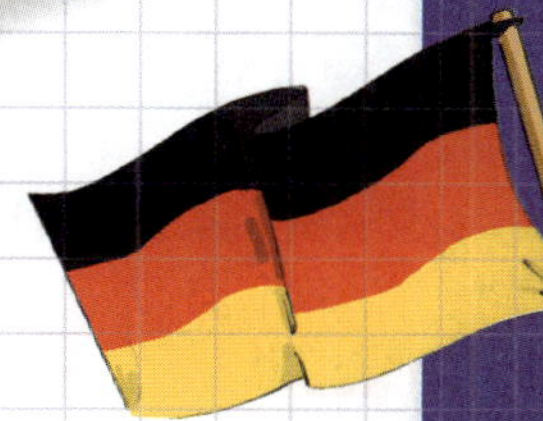

1. … ich Hunger habe, esse ich ein Käsebrot oder einen Apfel.

   [a] Als   [b] Wenn

2. … die Berliner Mauer fiel, fuhren viele Deutschen nach Westen.

   [a] Als   [b] Wenn

3. … wir nach Wien fahren, besichtigen wir immer das Hundertwasserhaus.

   [a] Als   [b] Wenn

4. … Monika 7 Jahre alt war, bekam sie ihr erstes Fahrrad.

   [a] Als   [b] Wenn

5. Du kannst mit deiner Freundin kommen, … du die Lust dazu hast.

   [a] Als   [b] Wenn

6. … Oliver gestern in der Stadt war, hat er sich neue Sportschuhe gekauft.

   [a] Als   [b] Wenn

7. … ich letztes Jahr Au-pair-Mädchen in Deutschland war, habe ich mein Deutsch verbessert.

   [a] Als   [b] Wenn

8. … ich Kopfschmerzen habe, nehme ich ein Aspirin ein.

   [a] Als   [b] Wenn

vocabulaire

besichtigen: visiter

verbessern: améliorer

Kopfschmerzen haben: avoir mal à la tête

64 L'adjectif épithète dans un groupe nominal indéfini

JE RETIENS

Dans un **groupe nominal indéfini**, **l'adjectif épithète** se place **devant** le nom qu'il détermine. Lorsque **l'article indéfini ne porte pas** la **marque** du **genre** et du **nombre**, c'est **l'adjectif** qui la porte.

der Mann *(l'homme)*	ein junger Mann	*un jeune homme*
das Kind *(l'enfant)*	ein junges Kind	*un jeune enfant*
die Frau *(la femme)*	eine junge Frau	*une jeune femme*
die Kinder *(les enfants)*	jung**e** Kinder	*de jeunes enfants*

Rappel : en allemand **« des » ne se traduit pas.**

Le tableau ci-dessous montre les différentes marques que prend l'adjectif. Il faut les mémoriser !

	Masculin	Féminin	Neutre	**Pluriel**
Nominatif (sujet et attribut du sujet)	ein junger Mann	eine junge Frau	ein junges Kind	jung**e** Kinder
Accusatif (COD)	einen jungen Mann	eine junge Frau	ein junges Kind	jung**e** Kinder
Datif (COI/COS)	einem jungen Mann	einer jungen Frau	einem jungen Kind	jung**en** Kindern
Génitif (Complément du nom)	eines jungen Mannes	einer jungen Frau	eines jungen Kindes	jung**er** Kinder

JE FAIS ATTENTION

Les adjectifs possessifs mein / **dein** / **sein** (…) ainsi que **la négation kein** se comportent comme l'article indéfini **ein** dans un groupe nominal ayant un adjectif épithète.

Meine kleine Schwester spielt gern Gesellschaftsspiele.
Ma petite sœur aime jouer aux jeux de société.

Ich spiele auch gern Gesellschaftsspiele mit meiner kleinen Schwester.
J'aime jouer aux jeux de société avec ma petite soeur.

Attention, **mit** est une préposition qui est toujours suivie du **datif** !

JE M'ENTRAÎNE Corrigés page 182

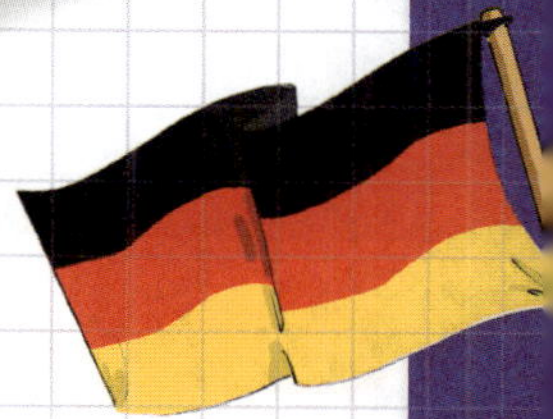

1 Letzten Sommer haben wir eine … Reise gemacht.

a wunderschöne b wunderschönen
c wunderschöner

2 Hast du zufällig meinen … Rucksack gesehen? Ich finde ihn nicht!

a blauer b blaue c blauen

3 Ich habe leider keine … Nachricht !

a guten b gute c guter

4 Der Bruder meiner … Freundin ist zweisprachig.

a beste b besten c bester

5 Wie findest du mein … Kleid? Ist es nicht elegant?

a neues b neue c neuen

6 Lisa war gestern auf einer Party und hat einen … Abend verbracht.

a angenehmen b angenehmer c angenehme

7 Salzburg und Innsbruck sind … Städte.

a österreichischer b österreichischen c österreichische

8 Anna muss sich um ihre … Geschwister kümmern.

a jüngere b jüngeren c jüngerer

vocabulaire

der Sommer: l'été
zufällig: par hasard
die Nachricht: la nouvelle
zweisprachig: bilingue
sich um jemanden kümmern: s'occuper de quelqu'un

65 L'adjectif épithète dans un groupe nominal sans déterminant

JE RETIENS

On rencontre fréquemment en allemand des **groupes nominaux sans déterminant** accompagnés d'un **adjectif épithète**. Dans ce cas, c'est **l'adjectif** qui **porte la marque** du **genre**, du **nombre** et qui indique également la **fonction** du groupe nominal. Cette marque est **identique** à celle portée par **l'article défini** (der, die, das) **sauf au génitif masculin et neutre** où la marque est **-en**.

Souvent, **l'absence d'article** dans le groupe nominal **se traduit** en français **par** un partitif : **du, de la, des**.

Zum Frühstück trinke ich nur grün**en** Tee. *Au petit déjeuner, je ne bois que du thé vert.*

Im Sommer trinke ich gern eiskalt**es** Wasser. *J'aime boire de l'eau glacée en été.*

Bei schlecht**em** Wetter sehe ich gern fern. *J'aime regarder la télé quand le temps est mauvais (par mauvais temps).*

	Masculin	Féminin	Neutre	**Pluriel**
Nominatif	grüner Tee	rote Tomate	kaltes Wasser	frisch**e** Brötchen
Accusatif	grünen Tee	rote Tomate	kaltes Wasser	frisch**e** Brötchen
Datif	grünem Tee	roter Tomate	kaltem Wasser	frisch**en** Brötchen
Génitif	grünen Tees	roter Tomate	kalten Wassers	frisch**er** Brötchen

JE FAIS ATTENTION

On retrouve la même construction dans certains **compléments de temps à l'accusatif** (GN sans déterminant précédé d'un adjectif).

letzte Woche *la semaine dernière*

letzten Monat *le mois dernier*

gute Nacht! *Bonne nuit !*

nächste Woche, *la semaine prochaine*

nächsten Monat *le mois prochain*

POUR EN SAVOIR PLUS

Au pluriel, certains **indéfinis** comme **viele** (*beaucoup*), **mehrere** (*plusieurs*), **einige** (*quelques*) ou **andere** (*d'autres*) et les **adjectifs numéraux** (sauf **ein**) ne comptent pas comme déterminants.

Ich habe **zwei** beste Freunde. *J'ai deux meilleurs amis.*

Viele interessante Bücher sind auf dem Regal.
Il y a beaucoup de livres intéressants sur l'étagère.

JE M'ENTRAÎNE Corrigés page 183

1 … Kinder spielen ruhig im Park.

a Kleine b Kleinen c Kleiner

2 Auf dem Markt haben wir … Gemüse gekauft.

a frische b frisches c frischen

3 … Wein schmeckt mir lieber als weißer Wein.

a Rote b Roten c Roter

4 Meine Mutter hat schon … Haare.

a grauen b graue c graues

5 Möchtest du eine Tasse Tee mit … Milch?

a kalter b kalte c kalten

6 Tina hat … Schuhe an .

a elegante b eleganter c eleganten

7 Ich war … Jahr schon in Berlin.

a letzte b letztes c letztem

8 Schokolade passt gut zu … Kaffee.

a schwarzer b schwarzen c schwarzem

vocabulaire

auf dem Mark: au marché	**schmecken:** être bon(ne)	**die Milch:** le lait
der Wein: le vin	**die Haare:** les cheveux	**zu (+ datif) gut passen:** aller bien avec

66 Le plus-que-parfait

JE RETIENS

- Le **plus-que-parfait** est un **temps composé du passé**. Il se construit à l'aide de **l'auxiliaire** **haben** (*avoir*) ou **sein** (*être*) conjugué **au prétérit**, **suivi du participe passé du verbe**. Comme nous l'avons vu, le **participe passé** se place **toujours à la fin de la phrase**.

  Wir **waren** auf den Weihnachtsmarkt **gegangen** und **hatten** Stollen **gegessen** und Glühwein **getrunken**.

  Nous étions allés au marché de Noël et avions mangé du Stollen et bu du vin chaud.

	verbes faibles (spielen) **HABEN**	verbes forts (trinken*) **HABEN**	verbes forts (fahren*) **SEIN**
ich	hatte ... gespielt	hatte ... getrunken	war ... gefahren
du	hattest ... gespielt	hattest ... getrunken	warst ... gefahren
er/sie/es	hatte ... gespielt	hatte ... getrunken	war ... gefahren
wir	haben ... gespielt	hatten ... getrunken	waren ... gefahren
ihr	hattet ... gespielt	hattet ... getrunken	wart ... gefahren
sie / Sie	hatten ... gespielt	hatten ... getrunken	waren ... gefahren

- Le choix de l'auxiliaire se fait de la même manière qu'au parfait (voir fiches 41 et 46).

JE FAIS ATTENTION

En allemand, on utilise le **plus-que-parfait** pour parler d'une **action du passé, antérieure à une autre**. On l'emploie **à l'écrit**, notamment dans les romans.

Au passé, on le rencontre également avec certaines **conjonctions de subordination**.

Il s'agit de **bevor** (*avant que, avant de*), **nachdem** (*après que/après avoir*) et **als** (*quand/lorsque*).

Bevor meine Mutter nach Hause zurückgekommen war, **hatte** ich mein Zimmer **aufgeräumt**.

Avant que ma mère ne soit rentrée à la maison, j'avais rangé ma chambre.

Als das Kind aufwachte, **hatte** schon der Weihnachtsmann die Geschenke unter den Weihnachtsbaum **gestellt**.

Lorsque l'enfant se réveilla, le père Noel avait déjà déposé les cadeaux sous le sapin.

JE M'ENTRAÎNE Corrigés page 183

1 … du für die Klassenarbeit …?

- [a] Hattest … gelernt
- [b] Hast ….. gelernt
- [c] Hattest … lernen

2 Alle Gäste … schon …, als sie an der Tür klingelte.

- [a] waren … ankommen
- [b] waren … angekommen
- [c] haben …. ankommen

3 Ich las schon das Buch, bevor ich den Film ….

- [a] hatte gesehen
- [b] gesehen habe
- [c] gesehen hatte

4 Wir … erst vorgestern deine Postkarte ….

- [a] hatten … bekommen
- [b] haben …. bekommen
- [c] haben … bekommt

5 Damals … du als Krankenschwester ….

- [a] hast … gearbeitet
- [b] hattest … gearbeitet
- [c] hast … arbeiten

6 Wir aßen in dem Restaurant, das deine Freundin uns ….

- [a] hatte empfohlen
- [b] empfohlen hatte
- [c] empfohlen hattet

7 Als die Polizei ankam, … die Einbrecher ….

- [a] waren… geflohen
- [b] wart ….. geflohen
- [c] geflohen…. waren

8 Wir … einen Monat lang in Österreich ….

- [a] haben … verbringt
- [b] haben … verbracht
- [c] hatten … verbracht

vocabulaire

die Klassenarbeit: le devoir
fliehen*: s'enfuir
die Gäste: les invités
die Einbrecher: les cambrioleurs
klingeln: sonner
vorgestern: avant-hier
die Krankenschwester: l'infirmière
empfehlen*: recommander

67 La subordonnée temporelle introduite par bevor, nachdem, während, sobald, solange

JE RETIENS

Les **propositions subordonnées temporelles** sont introduites par diverses **conjonctions de subordination**. Le **verbe conjugué** occupe la **dernière place** de la proposition subordonnée.

- **bevor** (*avant que, avant de*) marque **l'antériorité d'un fait** par rapport à un autre. En allemand, dans ce cas, la **proposition subordonnée** a un **verbe conjugué.** Ce n'est pas une proposition infinitive comme en français.

  Bevor du fernsiehst, musst du deine Hausaufgaben fertig machen.

  Avant de regarder la télé / avant que tu ne regardes la télé, tu dois finir tes devoirs.

- **nachdem** (*après que, après avoir*) . Tout comme avec **bevor**, il est impossible d'avoir une proposition infinitive avec **nachdem**

  Nachdem Paul mit seinem Freund Tennis gespielt hat, joggt er noch eine Stunde.

  Après avoir joué au tennis avec son ami, Tom fait encore un footing d'une heure.

Lorsqu'on utilise **nachdem**, il faut respecter la **concordance des temps** :

- si le **verbe de la principale** est au **présent**, le **verbe de la subordonnée** introduite par **nachdem** sera au **parfait**.

- si en revanche le **verbe de la principale** est au **prétérit**, celui de la **subordonnée** sera au **plus-que- parfait**.

- **während** (*pendant que*) permet d'exprimer la **simultanéité de deux actions.**

  Während ich meine Hausaufgaben mache, höre ich gern Musik.

  Pendant que je fais mes devoirs, j'aime écouter de la musique.

- **sobald** (*dès que, aussitôt que*)

  Sobald der Unterricht fertig ist, trifft er sich mit seinen Freunden im Park.

  Dès que le cours est fini, il retrouve ses amis au parc.

- **solange** (*tant que*)

  Sobald du deine Vokabeln nicht auswendig lernst, wirst du dein Englisch nicht verbessern.

  Tant que tu n'apprendras pas ton vocabulaire, tu n'amélioreras pas ton anglais.

JE M'ENTRAÎNE Corrigés page 183

1 … mein Vater frische Brötchen geholt hat, frühstücken wir alle zusammen.

a Nachdem   b Während   c Bevor

2 … du zu deiner Freundin gehst, rufst du Oma an.

a Solange   b Nachdem   c Bevor

3 … es regnet, können die Touristen keine Wanderung machen.

a Solange   b Bevor   c Nachdem

4 … ich Einkäufe gemacht habe, gehe ich zum Tennistraining.

a Während   b Sobald   c Solange

5 Mein Bruder deckt den Tisch, … ich das Essen vorbereite.

a solange   b nachdem   c während

6 Ich kann mich nicht konzentrieren, … du laute Musik hörst.

a solange   b nachdem   c bevor

7 … Mama sich ihre Lieblingsfernsehserie anschaut, liest mein Vater die Zeitung.

a Während   b Bevor   c Nachdem

8 … du bei mir wohnst, sollst du bei der Hausarbeit helfen.

a Nachdem   b Solange   c Sobald

vocabulaire

die Wanderung: la randonnée

den Tisch decken: mettre la table

die Hausarbeit: les travaux ménagers

68 Le passif au présent et au prétérit

JE RETIENS

En allemand, la **voix passive** est **beaucoup plus utilisée** qu'en français. Au passif, la perspective est centrée sur l'action elle-même et non sur celui qui fait l'action.

- Au **présent**, le **passif se forme** à l'aide de **l'auxiliaire werden** conjugué **au présent** et du **participe passé du verbe concerné**. Ce dernier se place **à la fin de la phrase**. Le **COD** de la phrase à la **voix active** devient le **sujet** à la **voix passive** et le **sujet** devient le **complément d'agent**.

Voix active : Die Schüler lernen Fremdsprachen.
sujet verbe COD
Les élèves apprennent des langues étrangères.

Voix passive : Fremdsprachen werden von den Schülern gelernt.
sujet verbe c. d'agent p.passé
Les langues étrangères sont apprises par les élèves.

Le **complément d'agent** est introduit par la préposition **von** (+ **datif**) lorsqu'il s'agit d'une **personne** ou par la préposition **durch** (+ **accusatif**) lorsqu'il s'agit d'un **moyen**.

- Au **prétérit**, il faut **conjuguer l'auxiliaire werden** au **prétérit** auquel on ajoute le **participe passé du verbe**.

Voix active : Damals lernten die Schüler nur eine Fremdsprache.
Autrefois, les élèves n'apprenaient qu'une langue étrangère.

Voix passive : Damals wurde nur eine Fremdsprache von den Schülern gelernt.
Autrefois, seule une langue étrangère était apprise par les élèves.

JE FAIS ATTENTION

Il existe un **passif impersonnel**. Cette structure est utilisée uniquement à la **3e personne du singulier, sans sujet et sans complément d'agent**. C'est **l'équivalent en français** d'un énoncé introduit par le **pronom impersonnel « on »**, souvent utilisé pour exprimer **un fait, une règle**.

La **phrase peut commencer** par le pronom **es** qui occupe la 1re place. Attention, **es** n'est en aucun cas le sujet de la phrase. Il a pour unique rôle de la commencer.

Es wird heute gearbeitet. *On travaille aujourd'hui.*

Lorsque la phrase commence par un **adverbe** ou un **complément**, le pronom **es disparait**.

Hier wird Deutsch gesprochen. *Ici, on parle allemand.*

Attention à ne pas confondre le passif avec le futur ! (voir fiche 53)

JE M'ENTRAÎNE *Corrigés page 184*

1 Die Buchdruckerei … von Guttenberg … .

a wurde … erfunden　b ist … erfunden
c wird … erfinden

2 Die Klassenarbeiten … von dem Lehrer … .

a werden … verbessern　b wird … verbessert
c werden … verbessert

3 Es … um 12 Uhr … .

a werde … gegessen　b wird … gegessen
c wird … essen

4 Die Berliner Mauer … 1961 … .

a werde … gebaut　b wurde … gebaut　c wird … bauen

5 Die Flugpassagiere … von der Stewardess … .

a werden … informiert　b werden … informieren
c werdet … informiert

6 Frisches Brot … vom Bäcker … .

a werdet … gebacken　b wurde … backen
c wird … gebacken

7 In der Schule … das Handy nicht … .

a wird … benutzt　b wird … benutzen　c werdet … benutzt

8 Nach dem Zweiten Weltkrieg … Deutschland in vier Besatzungszonen … .

a wird … teilen　b wurde … geteilt　c wurdet … geteilt

vocabulaire

die Buchdruckerei: l'imprimerie
erfinden*: inventer
verbessern: (ici) corriger
bauen: construire
das Brot: le pain
benutzen: utiliser
die Besatzungszonen: les zones d'occupation

69 L'expression du souhait à l'aide du subjonctif II

JE RETIENS

- **Le subjonctif II présent allemand** correspond au **conditionnel présent français.** On peut l'employer pour exprimer un **souhait** ou une **condition non réalisée** dans le présent.

- **Le subjonctif II présent des auxiliaires** se forme à partir du **prétérit**. La **voyelle du radical** prend une **inflexion** et on ajoute les **terminaisons -e, -est, -e au singulier** et **-en, -et, -en au pluriel**.

	sein	haben	werden
ich	wär**e**	hätt**e**	würd**e**
du	wär**est**	hätt**est**	würd**est**
er/sie/es	wär**e**	hätt**e**	würd**e**
wir	wär**en**	hätt**en**	würd**en**
ihr	wär**et**	hätt**et**	würd**et**
sie	wär**en**	hätt**en**	würd**en**

- Les adverbes **gern / lieber** et **am liebsten** accompagnent les auxiliaires au subjonctif II pour exprimer un souhait.

  Ich **hätte gern** ein Schokoladeneis. *J'aimerais une glace au chocolat.*

  Markus **wäre lieber** Designer bei BMW.
  Markus aimerait plutôt être designer chez BMW.

  Wir **würden gern** eine Reise um die Welt **machen**.
  Nous aimerions faire un tour du monde.

On utilise la **forme composée** de **werden** au **présent du subjonctif II** avec **un verbe à l'infinitif** qui se place **à la fin de la phrase**. Cela fonctionne avec tous les verbes, qu'ils soient **faibles** ou **forts**.

- Le subjonctif II peut également être associé à **nur** ou **doch**.

  Wenn ich **nur** gute Noten **hätte**! *Si seulement j'avais de bonnes notes !*

- On peut aussi exprimer un **souhait** à l'aide du verbe de modalité **mögen** au subjonctif II.

  Ich **möchte** bitte eine Tasse Tee. *J'aimerais une tasse de thé s'il vous plaît.*

Là encore le subjonctif II **se forme** à partir du **prétérit** de **mögen** (**ich mochte**) auquel on ajoute **l'inflexion** sur la voyelle du radical : **ich möchte**
Les **terminaisons** sont **ø**, **-st**, **ø** au **singulier** et **-n**, **-t**, **-n au pluriel**.

Le **verbe à l'infinitif** qui lui est associé est **sous-entendu**.

JE M'ENTRAÎNE Corrigés page 184

1 Meine Schwester … gern neue Kleider kaufen.

a wäre   b möchte   c hätte

2 Ich … gern ein Kilo Äpfel bitte.

a hätte   b wäre   c hatte

3 Wann … ihr gern zu uns kommen? Am Samstag oder am Sonntag?

a wäret   b hättet   c würdet

4 Nach dem Abitur … ich einen Beruf lernen.

a hätte   b würde   c wäre

5 … du Lust, heute Abend eine Pizza zu essen?

a Hättest   b Hattest   c Wärest

6 Meine Eltern … lieber im Sommer auf Mallorca fliegen.

a hätten   b wären   c würden

7 Jonas … am liebsten jeden Tag Videospiele spielen.

a wäret   b würde   c würdet

8 Claudia … gern mit Tim zusammen.

a wäret   b hättet   c wäre

vocabulaire

die Kleider: les vêtements
der Beruf: le métier
das Abitur: le baccalauréat
Mallorca: Majorque

70 L'expression de la condition avec wenn et le subjonctif II

JE RETIENS

- Pour exprimer un **fait** ou une **condition** qui ne sont **pas encore réalisés**, on utilise **le subjonctif II présent** dans une **subordonnée introduite** par la conjonction **wenn** (*si*).

  Wenn ich heute Zeit hätte, würde ich mit dir shoppen gehen.
  Si j'avais du temps aujourd'hui, j'irais faire du shopping avec toi.

- À la différence du français, le **subjonctif II** est employé dans les deux propositions (**principale** et **subordonnée** introduite par **wenn**).
- Le **subjonctif II des auxiliaires** (voir fiche 69) se forme à partir du **prétérit** auquel on ajoute les **terminaisons -e, -est, -e au singulier** et **-en, -et, -en au pluriel** ainsi qu'une **inflexion** sur la **voyelle du radicale**.
- En ce qui **concerne les verbes de modalité**, le **sujonctif II** se forme également à partir du **prétérit**. Les **terminaisons** sont les suivantes : **ø, -st, ø au singulier** et **-n, -t, -n au pluriel**. Les verbes de modalité ayant déjà une inflexion à l'infinitif, ils la **conservent** au **subjonctif II**.

  Ich könnte / ich dürfte / ich müsste / ich möchte. *Mais* ich sollte / ich wollte

- Le verbe **wissen** fonctionne comme les **verbes de modalité** : ich wüsste.
- Les **verbes forts** se conjuguent au subjonctif II comme les auxiliaires. En revanche, seuls les verbes dont le prétérit a comme **voyelle du radical a**, **o** ou **u** prennent une **inflexion**.

  kommen (*venir*) **prétérit** : ich kam **Subjonctif II** : ich käme

- Les **verbes faibles** conjugués au subjonctif II ont exactement les **mêmes formes qu'au prétérit**.

JE FAIS ATTENTION

Pour éviter notamment la confusion entre certaines formes du prétérit et du subjonctif II (pour les verbes faibles et forts), on a recours à la forme avec **würde** + **verbe à l'infinitif**. L'utilisation de cette forme se généralise dans le langage quotidien.

kochen (*cuisiner*) ich kochte → ich würde kochen (*je cuisinerais*)
gehen (*aller*) wir gingen → wir würden gehen (*nous irions*)

POUR EN SAVOIR PLUS

Il est possible de supprimer la conjonction **wenn**. Il faut alors **commencer** la **subordonnée** par le **verbe** et ajouter l'adverbe **dann** dans la **principale**.

Hätte ich heute Zeit, **dann** würde ich mir dir shoppen gehen.

JE M'ENTRAÎNE Corrigés page 185

1 Wenn du mehr Sport machen ..., wärest du gesünder.

a würdest   b wärest   c hättes

2 Hätte meine Mutter mehr Zeit, dann ... sie jeden Tag kochen.

a müsste   b wäre   c könnte

3 Wenn meine Eltern es ..., könnten wir heute Abend in die Disco gehen.

a müssten   b wollten   c dürften

4 Ich würde mich freuen, wenn das Wetter jeden Tag schön ....

a wäre   b würde   c könnte

5 Wenn ich viel Geld hätte, ... ich den armen Kindern in Afrika helfen.

a hätte   b wäre   c würde

6 Wenn er nur die Antwort ...!

a könnte   b wüsste   c möchte

7 Es wäre super, wenn wir nächstes Jahr in der selben Klasse ....

a hätten   b wären   c würden

8 Wenn es nicht so weit wäre, ... Oma zu Fuß.

a kam   b kämet   c käme

vocabulaire

gesünder sein: être en meilleure forme

die Antwort: la réponse

weit: loin

zu Fuß: à pied

71 Le subjonctif II passé

JE RETIENS

Le subjonctif II passé correspond en français **au conditionnel passé**. On l'utilise pour des **faits qui ne se sont pas réalisés** et qui ne se réaliseront pas, mais également pour exprimer des **regrets**. Il se forme à l'aide de l'auxiliaire **haben** *(avoir)* ou **sein** *(être)*, conjugué au **subjonctif II présent**, et du **participe passé du verbe**.

Wenn du dich beeilt hättest, wärest du nicht zu spät in die Schule gekommen.
Si tu t'étais dépêché, tu ne serais pas arrivé en retard à l'école.

Ach, wenn ich das früher gewusst hätte, wäre ich nicht gekommen.
Si j'avais su cela plus tôt, je ne serais pas venu.

Là encore, à la différence du français, on retrouve le **subjonctif II passé** dans la **subordonnée** et dans la **principale**. Le choix de l'auxiliaire se fait comme pour le parfait.

Tout comme avec le subjonctif II présent, on peut **supprimer** **wenn** dans la **subordonnée**.

Hättest du dich beeilt, dann wärest du nicht zu spät in die Schule gekommen.
Si tu t'étais dépêché, tu ne serais pas arrivé en retard à l'école.

JE FAIS ATTENTION

Au **subjonctif II passé, les verbes de modalité** forment leur **participe passé** à l'aide d'un **double infinitif**. L'infinitif **complément** du verbe de modalité se place juste **devant** celui-ci qui est lui-même à l'infinitif. Tous deux occupent la **dernière place** de la proposition.

Wenn die Reise zu teuer gewesen wäre, hätte ich nicht mitfahren können.
double infinitif
Si le voyage avait été trop cher, je n'aurais pas pu venir.

Wenn Vilma ihre Hausaufgaben nicht gemacht hätte, hätte sie nicht mit mir ins Schwimmbad gehen dürfen.
double infinitif
Si Vilma n'avait pas fait ses devoirs, elle n'aurait pas pu venir avec moi à la piscine.

JE M'ENTRAÎNE Corrigés page 185

1 Ach, wenn ich nur Stefans Telefonnummer nicht vergessen …!

a hätte b wäre

2 … ihr früher angekommen, dann hättet ihr meine beste Freundin kennengelernt.

a Hättet b Wäret

3 … ich nur besser aufgepasst!

a Hätte b Wäre

4 Wenn die Schüler nur ihre Aufgaben fertig gemacht … ?

a hätten b wären

5 … mein Computer nicht kaputt!

a Hätte b Wäre

6 Wenn Anna ihre Eltern nicht belogen hätte, … sie nicht auf sie geschimpft.

a hätten b wären

7 Du … gern mit uns gegangen.

a hättest b wärest

8 Wenn ihr nur mehr gearbeitet … ?

a hättet b wäret

vocabulaire

vergessen*: oublier

kennen lernen: faire connaissance

auf/passen: faire attention

belügen: mentir

72 L'expression du conseil

JE RETIENS

Pour exprimer un **conseil** en allemand, on peut utiliser diverses structures :

- **Ich rate dir** (+ **proposition infinitive**) = *je te conseille de*

  Ich rate dir, deinen Mantel anzuziehen. Es ist kalt draußen.

  Je te conseille de mettre ton manteau. Il fait froid dehors.

- **Am besten wäre es** (+ **subordonnée avec wenn suivie du subjonctif II**)

  Am besten wäre es, wenn du uns in den Osterferien besuchen würdest.

  Ce serait bien si tu nous rendais visite aux vacances de Pâques.

- **An deiner Stelle** (+ **subjonctif II**) = *à ta place…*

  An deiner Stelle würde ich deine Mutter um Erlaubnis bitten.

  À ta place, je demanderais la permission à ta mère.

- Au moyen des verbes de modalité **sollen** et **können** au **subjonctif II**

  Du **solltest** früher ins Bett gehen.

  Tu devrais aller te coucher plus tôt.

  Du **könntest** vielleicht deiner Schwester helfen.

  Tu pourrais peut-être aider ta sœur.

JE FAIS ATTENTION

Pour rappel : conjugaison de **sollen** et **können** au **subjonctif II.**

sollen : ich sollte, du solltest, er, sie, es sollte, wir sollten, ihr solltet, sie sollten

können : ich könnte, du könntest, er, sie, es könnte, wir könnten, ihr könntet, sie könnten

JE M'ENTRAÎNE Corrigés page 185

1 Du ... zum Frühstück etwas essen sonst hältst du den Vormittag nicht durch.

a) könntest b) solltest c) würdest

2 An deiner Stelle ... ich früher schlafen gehen. Du siehts so müde aus.

a) könnte b) sollte c) würde

3 Deine Eltern raten dir, nicht mehr als zwei Stunden am Tag vor dem Computer ....

a) verbringen b) zu verbringen c) verbringst

4 Die Kinder ... nicht zu viel Süßigkeiten essen.

a) sollten b) hätten c) könnten

5 Andrea ... öfters ins Fitnessstudio gehen.

a) würdest b) wärest c) sollte

6 Die Kinder ... vielleicht das Abendessen vorbereiten.

a) könnten b) wären c) hätten

7 Am besten wäre es, wenn wir uns vor der Schule treffen ....

a) sollten b) würden c) könnte

8 An ihrer Stelle ... ich sofort zum Zahnarzt gehen.

a) könnte b) würde c) wäre

vocabulaire

durch/halten: (ici) tenir
müde: fatigué
die Süßigkeiten: les sucreries
öfters: plus souvent
vor/bereiten: préparer
sofort: tout de suite
der Zahnarzt: le dentiste

73 Le double infinitif

JE RETIENS

Lorsque l'on veut mettre l'un des six **verbes de modalité** à un temps composé du passé comme le **parfait**, le **plus-que-parfait**, le **passé du subjonctif II**, leur participe passé est semblable à l'infinitif. On parle de **double infinitif** car l'infinitif complément du verbe de modalité précède celui-ci et les deux infinitifs se placent **à la fin de la phrase**.

Wir **haben** das Museum **besichtigen können**. → **Parfait**

Nous avons pu visiter le musée.

Du **hättest** gestern Abend **kommen sollen**. Das Konzert war wirklich super.
→ **Subj. II passé**

Tu aurais dû venir hier soir. Le concert était vraiment super.

Les verbes **lassen, hören** et **sehen** fonctionnent de la même manière :

Wir **haben** den Lehrer **kommen sehen.**

Nous avons vu venir le professeur.

Ich **habe** mir die Haare **schneiden lassen**.

Je me suis fait couper les cheveux.

Du **hast** in der Nacht den Hund **bellen hören**..

Tu as entendu le chien aboyer pendant la nuit.

JE FAIS ATTENTION

Dans la **subordonnée**, le **verbe conjugué** se place juste **avant** le **double infinitif** et non à la fin de celle-ci.

Ich glaube, dass du früher **hättest kommen sollen**.

Je crois que tu aurais dû venir plus tôt.

Der Lehrer behauptet, dass er uns **hat schwatzen hören**.

Le professeur affirme nous avoir entendu parler.

Meine Mutter schimpft, weil ich früher meine Hausaufgaben **hätte machen sollen**.

Ma mère n'est pas contente parce que j'aurais du faire mes devoirs plus tôt.

JE M'ENTRAÎNE Corrigés page 186

1 Ich habe meine Mutter ein Geschenk … aber ich hatte kein Geld mehr.

a wollen kaufen b kaufen gewollt
c kaufen wollen

2 Tim war so krank, dass er zwei Wochen lang im Bett ….

a hatte liegen sollen b liegen sollen hatte
c liegen gesollt hatte

3 Die Schüler haben in den Ferien ….

a gearbeitet müssen b arbeiten müssen
c müssen arbeiten

4 Mein kleiner Bruder hat die Vase ….

a fallen lassen b fallen gelassen c lassen fallen

5 Du hast nicht zur Party ….

a dürfen kommen b dürfen gekommen
c kommen dürfen

6 Alexander hat drei Stunden lang ….

a gelaufen können b laufen können c laufen gekonnt

7 Ich habe dich … aber du warst nicht zu Hause.

a besuchen wollen b wollen besuchen c besuchen will

8 Das Kind hat sich einen Zahn ….

a ziehen lässt b ziehen lassen c lassen ziehen

vocabulaire

das Geld: l'argent
krank: malade
fallen*: tomber
einen Zahn ziehen*: arracher une dent

74 L'expression de la concession

JE RETIENS

La **concession** permet d'exprimer une **contradiction** ou une **suite illogique** entre **deux faits dépendants l'un de l'autre**. Le fait exprimé dans la proposition principale s'oppose à celui de la concessive mais n'empêche pas pour autant son déroulement.

On peut indiquer la concession à l'aide de **diverses structures**.

- La préposition **trotz** *(malgré)* suivie du **génitif** :

  Trotz des Verbots bringen die Schüler ihre Handys in der Schule mit.

  Malgré l'interdiction, les élèves prennent leur téléphone portable à l'école.

- L'adverbe **trotzdem** *(malgré cela) :*

  In der Schule darf man nicht das Handy benutzen. **Trotzdem** bringen die Schüler es mit.

  Il est interdit d'utiliser le téléphone portable à l'école. Malgré cela, les élèves le prennent.

- L'adverbe **dennoch** *(malgré tout, pourtant) :*

  Du hast eine schlechte Note in Mathe bekommen. **Dennoch** lernst du deine Lektionen nicht.

Tu as eu une mauvaise note en maths. Malgré tout tu n'apprends pas tes leçons.)

- La conjonction de subordination **obwohl** *(bien que) :*

  Obwohl du eine schlechte Note in Mathe bekommen hast**,** lernst du deine Lektionen nicht.

  Bien que tu aies eu une mauvaise note en maths, tu n'apprends pas tes leçons.

JE FAIS ATTENTION

- La conjonction **obwohl** s'emploie en allemand avec **l'indicatif** alors qu'en français « bien que » s'emploie avec **le subjonctif**.

- Lorsqu'une **phrase commence par la subordonnée**, la **principale commence par le verbe**. Les deux propositions sont alors séparées par une **virgule** qui est **obligatoire**.

JE M'ENTRAÎNE Corrigés page 186

1 Heute regnet es. Wir gehen … an den Strand.

a obwohl b trotz c trotzdem

2 … er müde ist, sieht er bis 23 Uhr fern.

a Dennoch b Obwohl c Trotzdem

3 Tina ist sehr enttäuscht, weil sie die Prüfung nicht bestanden hat. … hatte sie viel gelernt.

a Obwohl b Dennoch c Trotz

4 … der Kälte muss Max seinen Hund ausführen.

a Trotz b Trotzdem c Obwohl

5 Ich gehe ins Kino, … ich schon letzte Woche den Film gesehen habe.

a trotz b trotzdem c obwohl

6 Sprayen ist streng verboten. … wird die Wand meines Hauses gesprüht.

a obwohl b trotzdem c trotz

7 Katja ist mit dem Fallschirm abgesprungen, … sie große Angst davor hatte.

a obwohl b dennoch c trotzdem

8 Du hast dein Auto waschen lassen, … es ziemlich sauber war.

a obwohl b trotz c trotzdem

vocabulaire

der Strand: la plage

enttäuscht: déçu€

die Prüfung (nicht) bestehen*: (ne pas) être reçu à l'examen

den Hund aus/führen: sortir le chien

sprühen: (ici) taguer

mit dem Fallschirm ab/springen*: sauter en parachute

75 La subordination

JE RETIENS

- Les **propositions subordonnées conjonctives** sont introduites par une **conjonction de subordination** et dépendent directement de la proposition principale. Les deux propositions sont séparées par une **virgule** qui se place avant la conjonction. Cette virgule est **obligatoire**. Dans la subordonnée, le verbe conjugué se place, quant à lui, en dernière position.

Nous avons déjà vu un certain nombre de conjonctions de subordination. En voici un petit rappel.

dass *(que)* introduit une **complétive**. On la retrouve souvent **après** les **verbes** sagen *(dire)*, erzählen *(raconter)*, finden *(trouver)*, glauben *(croire)* …

weil *(parce que)* sert à exprimer la **cause**.

ob *(si)* introduit une **proposition subordonnée indirecte**. On l'utilise entre autres avec les **verbes** fragen *(demander)*, sich fragen *(se demander)* …

damit *(afin que, pour que)* introduit une **proposition subordonnée de but.**

obwohl *(bien que)* exprime la **concession**.

- Les conjonctions ci-dessous introduisent des propositions subordonnées compléments circonstanciels de temps.

wenn *(quand = lorsque)* s'emploie pour une **action qui se répète**.

als *(quand)* s'emploie pour un **fait unique du passé**.

bevor *(avant que, avant de)*

nachdem *(après que, après avoir)*

sobald *(dès que, aussitôt que)*

solange *(tant que)*

während *(pendant que)* permet d'indiquer la **simultanéité de deux actions.**

JE FAIS ATTENTION

Il est **possible** de **commencer une phrase par une subordonnée.** Dans ce cas, la **principale** qui suit **commence par le verbe conjugué**. Il ne faut pas oublier la **virgule** entre les deux !

JE M'ENTRAÎNE Corrigés page 187

1 Ich trainiere mindestens dreimal pro Woche, … ich fit bleiben will.

a dass b damit c weil

2 Meine Mutter denkt, … wir jeden Tag Obst und Gemüse essen sollen.

a dass b wenn c ob

3 Meine Schwester möchte Tierärztin werden, … sie Angst vor Reptilien hat.

a weil b obwohl c solange

4 … Tinas Hund gestorben war, wollte sie kein Haustier mehr haben.

a Wenn b Als c Ob

5 Ich bekomme immer Kopfschmerzen, … ich am Tag nicht viel genug Wasser trinke.

a wenn b als c ob

6 Du gehts ins Bett, … du dir deine Zähne geputzt hat.

a nachdem b bevor c während

7 Meine Mutter hat mir einen Wecker gekauft, … ich nicht mehr verschlafe.

a während b dass c damit

8 Frau Böhm möchte wissen, … du ihrer Tochter Nachhilfe in Physik geben kannst.

a weil b bevor c ob

vocabulaire

fit bleiben: rester en forme

die Tierärztin: le vétérinaire

sterben*: mourrir

sich die Zähne putzen: se laver les dents

Corrigés

Corrigés

1 : Le genre des noms

1) Réponse B – Die Journalistin macht ein Interview.

2) Réponse C – Das Kaninchen ist sehr süß.

3) Réponse B – Die Universität in Heidelberg ist sehr alt.

4) Réponse A – Der Bäcker backt frische Brötchen.

5) Réponse A – Der Junge heißt Markus.

6) Réponse B – Die Matheübung ist schwer.

7) Réponse C – Das Aquarium hat viele bunte Fische.

8) Réponse A – Bald kommt der Frühling.

Fiche 2 : Les pronoms personnels sujets

1) Réponse C – Ich heiße Tina. Und das ist meine Freundin Lisa.

2) Réponse B – Wo sind Lukas und Tom? Spielen sie noch im Garten?

3) Réponse A – Wann hast du Geburtstag?

4) Réponse B – Mein Bruder und ich gehen oft ins Kino. Wir mögen Science-Fiction-Filme.

5) Réponse A – Ich gehe heute Nachmittag ins Schwimmbad. Kommt ihr mit?

6) Réponse B – Mein Cousin kommt aus Österreich. Er wohnt in Wien.

7) Réponse C – Tina ist sehr musikalisch. Sie spielt Klavier und singt auch gern.

8) Réponse B – Das Baby weint. Es hat sicher Hunger.

Fiche 3 : Le verbe sein au présent

1) Réponse B – Wie alt bist du?

2) Réponse C – Das ist ein interessantes Buch.

3) Réponse A – Ich gehe ins Bett. Ich bin sehr müde.

4) Réponse B – Guten Morgen Kinder! Seid ihr alle da?

5) Réponse C – Meine Eltern sind am Wochenende nicht zu Hause.

6) Réponse A – Wo ist denn meine Schultasche?

7) Réponse A – Meine Hobbys sind Reiten und Lesen.

8) Réponse C – Frau Schmidt ist Journalistin von Beruf.

Fiche 4 : Les verbes faibles au présent

1) Réponse C – Hallo, ich wohne in Hamburg. (wohnen)

2) Réponse B – Und du? Wo wohnst du? (wohnen)

3) Réponse B – Maria und Inga kaufen Cola. (kaufen)

4) Réponse A – Du hörst Musik. (hören)

5) Réponse C – Wir lernen Deutsch in der Schule. (lernen)

6) Réponse A – Was machst du heute Nachmittag? (machen)

7) Réponse C – Ihr lebt in Deutschland. (leben)

8) Réponse B – Meine beste Freundin Lisa tanzt gern Hip Hop. (tanzen)

Fiche 5 : La place du verbe dans la phrase déclarative

1) Réponse A – richtig

2) Réponse A – richtig

3) Réponse B – falsch

4) Réponse B – falsch

5) Réponse A – richtig

6) Réponse B – falsch

7) Réponse A – richtig

8) Réponse A – richtig

Fiche 6 : Les pronoms interrogatifs

1) Réponse C – Woher kommen Sie, Frau Schuster? Aus Deutschland oder aus Österreich?

2) Réponse B – Wann hast du Mathe? Am Montag oder am Dienstag?

3) Réponse A – Wer ist dieses Mädchen? Deine Kusine?

4) Réponse C – Warum weinst du denn?

5) Réponse A – Guten Tag, Herr Weber! Wie geht es Ihnen?

6) Réponse B – Wo treffen wir uns? Im Park oder bei dir?

7) Réponse C – Wie alt ist deine Mutter?

8) Réponse A – Was machst du heute Abend?

Fiche 7 : Le verbe haben au présent

1) Réponse B – Ich habe einen Bruder und zwei Schwestern.

2) Réponse C – Und du? Hast du Geschwister?

3) Réponse A – Meine Freunde und ich haben die gleichen Hobbys.

4) Réponse B – Wann haben wir Ferien?

5) Réponse C – Tina hat zwei Hobbys: Musik und Tennis.

6) Réponse A – Oma und Opa haben ein schönes Haus auf dem Land.

7) Réponse C – Habt ihr am Samstag Fußballtraining?

8) Réponse B – Mama, wann essen wir? Ich habe richtig Hunger!

Fiche 8 : Les verbes forts au présent.

1) Réponse A – Am Wochenende schläft mein Bruder lange. (schlafen*)

2) Réponse B – Ich gehe heute Abend ins Kino. (gehen*)

3) Réponse A – Was isst du gern zum Frühstück? (essen*)

4) Réponse C – Mein Bruder liest ein interessantes Buch. (lesen*)

5) Réponse C – Meine Eltern trinken gern Kaffee. (trinken*)

6) Réponse A – Seht ihr am Abend fern? (fern/sehen*)

7) Réponse C – Du sprichst aber gut Deutsch. (sprechen*)

8) Réponse A – Im Winter fährt Jakob gern Ski. (fahren*)

Fiche 9 : L'article indéfini dans le groupe nominal sujet et COD

1) Réponse C – Ich habe einen Bruder.

2) Réponse A – Wir haben Post. Es ist eine Postkarte aus Berlin.

3) Réponse A – Am Samstagnachmittag ist ein Basketballspiel in der Sporthalle.

4) Réponse B – Hast du ø Haustiere?

5) Réponse C – Habt ihr ø Pläne für die Sommerferien?

6) Réponse B – Mein Bruder trägt einen blauen Pullover.

7) Réponse C – ein Kilo Äpfel kostet 2,50€.

8) Réponse B – Guck mal! Ich habe eine neue Jeansjacke!

Fiche 10 : Le pluriel des noms

1) Réponse C – Wir haben drei Katzen zu Hause.

2) Réponse B – In meiner Schultasche habe ich vier Hefte.

3) Réponse A – Haben sie Kinder, frau Meyer?

4) Réponse B – Meine Freunde sind sehr sympathisch.

5) Réponse C – Zu Weihnachten habe ich viele Geschenke bekommen.

6) Réponse A – Die Äpfel kosten 2,50€.

7) Réponse A – Der Film dauert zwei Stunden.

8) Réponse B – Wir verbringen ein paar Tage in Berlin.

Fiche 11 : La négation avec nicht

1) Réponse A – korrekt

2) Réponse B – nicht korrekt

3) Réponse A – korrekt

4) Réponse A – korrekt

5) Réponse B – nicht korrekt

6) Réponse A – korrekt

7) Réponse B – nicht korrekt

8) Réponse B – nicht korrekt

Fiche 12 : Dire ce que l'on aime à l'aide du verbe mögen

1) Réponse C – Lisa und ihre Familie mögen Tiere.

2) Réponse C – Magst du Tee oder trinkst du lieber Kaffee?

3) Réponse A – Physik finde ich langweilig. Ich mag dieses Fach nicht.

4) Réponse B – Meine Eltern mögen klassische Musik.

5) Réponse A – Mein Bruder ist ein echter Fußballfan. Er mag FC-Bayern sehr!

6) Réponse B – Mögt ihr Sport?

7) Réponse C – Ich mag die neue Mathelehrerin. Sie ist sehr nett.

8) Réponse A – Meine Austauschpartnerin mag Frankreich und die französische Kultur.

Fiche 13 : Les déterminants possessifs dans le GN sujet et COD

1) Réponse A – Anna, komm! Nimm dein Fahrrad! Wir machen eine Radtour.

2) Réponse C – Lukas liest gern Romane. Sein Lieblingsroman ist Harry Potter.

3) Réponse B – Im Sommer fahren wir nach Deutschland und unsere Kinder kommen auch mit.

4) Réponse C – Anja! Paul! Kommt und nehmt bitte eure Bücher mit!

5) Réponse A – Herr und Frau Schmidt parken ihr Auto vor dem Park.

6) Réponse B – Mama, wo ist denn meine Schultasche? Ich finde sie nicht!

7) Réponse A – Jonas sucht seinen Ball. Er möchte Fußball spielen.

8) Réponse C – Ich weiß nicht, wo Vanessa wohnt. Kannst du mir bitte ihre Adresse geben?

Corrigés

Fiche 14 : Exprimer l'appartenance à l'aide du génitif saxon

1) Réponse C – Felix' Mathelehrerin ist sehr cool.
2) Réponse C – Wir haben Vanessas Telefonnummer nicht.
3) Réponse A – Jonas' Eltern organisieren eine Strandparty.
4) Réponse C – Am Samstagnachmittag gehe ich mit Moritz' Freunde ins Kino.
5) Réponse C – Das ist Erikas Auto.
6) Réponse B – Phillips Deutschbuch liegt auf dem Schreibtisch.
7) Réponse A – Hast du Lukas'. Katze gesehen?
8) Réponse B – Ich spiele mit Kirstens Schwester Tennis.

Fiche 15 : La négation avec kein

1) Réponse B – Ich habe keine Lust, heute ins Kino zu gehen.
2) Réponse A – Meine Eltern haben kein Auto.
3) Réponse C – Möchtest du etwas trinken? Nein, danke! Ich habe keinenDurst.
4) Réponse A – Zu Hause haben wir keinen Computer.
5) Réponse B – Judith möchte gern Tennis spielen, aber sie hat keinen Tennisschläger.
6) Réponse C – Meine Freunde bekommen kein Taschengeld.
7) Réponse B – Die Schüler stellen keine Fragen. Sie haben alles verstanden.
8) Réponse C – Ich nehme keine Milch zum Kaffee.

Fiche 16 : Les verbes à particule séparable au présent

1) Réponse B – Ich stehe jeden Tag um 7Uhr auf.
2) Réponse A – Die Schüler verstehen den Text nicht.
3) Réponse C – Die Touristen steigen aus dem Zug aus.
4) Réponse A – Du kaufst im Supermarkt ein.
5) Réponse C – Die neue Schülerin stellt sich in der Klasse vor.
6) Réponse B – Wann kommt er nach Hause zurück?
7) Réponse C – Ihr ruft eure Großeltern an.
8) Réponse A – Der Lehrer erzählt den Kindern eine Geschichte.

Fiche 17 : Le groupe nominal COD

1) Réponse B – Hast du den Roman gelesen?
2) Réponse C – Ich suche die Bank aber ich finde sie nicht.

3) Réponse B – Wir sollen die Übung machen.

4) Réponse A – Die Kinder laufen um den Baum (herum).

5) Réponse C – Die Bonbons sind für die Kinder.

6) Réponse A – Erika braucht den Taschenrechner für den Matheunterricht.

7) Réponse B – Gib mir bitte das Heft!

8) Réponse C – Jörg findet das Hundebaby im Tierheim.

Fiche 18 : Les pronoms personnels COD (à l'accusatif)

1) Réponse B – Magst du meinen Rock? Ja, ich finde ihn super schön.

2) Réponse A – Gib mir bitte dein Lineal. Ich brauche es.

3) Réponse A – Wer ist diese Frau? Ich kenne sie nicht.

4) Réponse C – Du nervst! Lass mich bitte in Ruhe!

5) Réponse B – Das Paket ist für uns.

6) Réponse C – Tina hat ihr Portemonnaie nicht. Sie hat es zu Hause vergessen.

7) Réponse B – Ich vermisse dich sehr.

8) Réponse A – Der Journalist möchte euch interviewen.

Fiche 19 : L'article zéro

1) Réponse C – Mein Bruder isst immer Ø Müsli zum Frühstück.

2) Réponse A – Ich kann nicht mit dir kommen. ich habe kein Fahrrad.

3) Réponse B – Was ist dein Lieblingsessen? Das ist Ø Fisch mit Reis.

4) Réponse A – Was brauchst du für das Rezept? Ich brauche Ø Milch.

5) Réponse B – Berlin ist eine schöne Stadt.

6) Réponse C – Möchtest du ein Glas Ø Wasser?

7) Réponse A – Emmas Vater arbeitet in Ø England.

8) Réponse B – Sprechen Sie Ø Deutsch?

Fiche 20 : L'expression du souhait avec ich möchte

1) Réponse C – Martina und Christian möchten Tennis spielen.

2) Réponse C – Ich möchte heute Abend ins Konzert gehen.

3) Réponse A – Möchtet ihr im Sommer nach Spanien fahren?

4) Réponse C – Jule möchte ein Eis essen.

5) Réponse C – Möchtest du eine Pizza mit oder ohne Schinken?

6) Réponse B – Wir möchten gern eine Reise auf Korsika machen.

7) Réponse A – Meine Schwester möchte ein Hundebaby haben.

8) Réponse C – Herr Ober! Wir möchten bitte zahlen!

Fiche 21 : Le verbe de modalité wollen

1) Réponse A – Diese Profisportler wollen an den Olympischen Spielen teilnehmen.

2) Réponse B – Wo willst du denn hin?

3) Réponse C – Meine Großeltern wollen am Samstag Abend in die Oper gehen.

4) Réponse B – Ich bin so müde. Ich will jetzt ins Bett gehen.

5) Réponse A – Wollt ihr eine Radtour machen?

6) Réponse C – Kristina will die neue CD von Cro kaufen.

7) Réponse A – Alex und ich wollen Musik hören.

8) Réponse C – Zu Weihnachten will mein kleiner Bruder ein Spielkonsole haben.

Fiche 22 : Les verbes de modalité können et dürfen

1) Réponse B – Mama, darf ich heute Abend ins Kino gehen?

2) Réponse C – Meine Austauschpartnerin kann gut Französisch sprechen.

3) Réponse C – Könnt ihr um 14Uhr da sein?

4) Réponse A – Der Hund darf nicht auf dem Bett schlafen.

5) Réponse C – Wir können nicht zu dir kommen. Wir haben Handballtraining.

6) Réponse B – Du darfst keinen Kaugummi im Unterricht kauen.

7) Réponse B – Jan ist krank. Er kann nicht in die Schule gehen.

8) Réponse A – Tom ist 20 Jahre alt. Er darf abends allein ausgehen.

Fiche 23 : Les compléments de temps introduits par im / am / um

1) Réponse A – Am Samstagnachmittag spiele ich immer Fußball.

2) Réponse B – Wir fahren im Sommer nach Südfrankreich.

3) Réponse A – Ich habe am 1. Mai Geburtstag.

4) Réponse C – Der Zug kommt um 17 Uhr 30 an.

5) Réponse B – Im Jahre 2014 hat Deutschland die Fußballweltmeisterschaft gewonnen.

6) Réponse A – Du besuchst deine Freunde am Wochenende.

7) Réponse C – Der Wecker klingelt um 6 Uhr morgens.

8) Réponse C – Wir treffen uns morgen um Viertel nach fünf.

Fiche 24 : Dire l'heure

1) Réponse A – 7:30

2) Réponse C – 15:15

3) Réponse B – 9:40

4) Réponse A – 10:00

5) Réponse B – 19:45

6) Réponse B – 00:00

7) Réponse C – 6:35

8) Réponse C – 23:00

Fiche 25 : Exprimer la date

1) Réponse B – Am siebten

2) Réponse C – Am dritten

3) Réponse B – Wolfgang Amadeus Mozart ist im Jahre 1756 geboren.

4) Réponse C – Der einundzwanzigste

5) Réponse A – Der erste

6) Réponse B – Am achten

7) Réponse A – Am dreißigsten

8) Réponse C – Vom zehnten

Fiche 26 : Les verbes pronominaux

1) Réponse C – Max langweilt sich im Unterricht.

2) Réponse A – Du versteckst dich hinter dem Baum.

3) Réponse C – Ich putze mir die Zähne.

4) Réponse B – Wir interessieren uns für die deutsche Kultur.

5) Réponse A – Der Junge beeilt sich. Er hat Verspätung.

6) Réponse C – Ihr informiert euch über die Geschichte der Stadt.

7) Réponse B – Mein Vater rasiert sich jeden Morgen.

8) Réponse C – Triffst du dich morgen mit Steffi?

Fiche 27 : La forme de politesse : le vouvoiement

1) Réponse A – Entschuldigen Sie bitte! Wo ist der Bahnhof?

2) Réponse C – Wie heißen Sie?

3) Réponse C – Guten Tag Herr und Frau Lang! Setzen Sie sich bitte!

4) Réponse B – Das ist Ihr Schal , Frau Egger.

5) Réponse B – Kann ich mit Ihnen kommen?

6) Réponse A – Was machen Sie in den Osterferien?

7) Réponse A – Es freut mich, Sie kennenzulernen.

8) Réponse C – Können Sie mir Ihre Adresse geben?

Fiche 28 : L'impératif

1) Réponse B – Leon, sprich bitte lauter! Ich höre dich nicht.

2) Réponse C – Guten Morgen Kinder! Setzt euch bitte hin!

3) Réponse A – Gehen Sie geradeaus!

4) Réponse B – Nina, sei bitte still! Deine kleine Schwester schläft gerade.

5) Réponse A – Anna, Lisa! kommt! Das Essen ist fertig.

6) Réponse B – Tom, hör bitte gut zu!

7) Réponse C – Lies diesen Zeitungsartikel!

8) Réponse C – Nehmen Sie bitte Platz!

Fiche 29 : Les mots composés

1) Réponse B – Meine Waschmaschine ist kaputt. Ich muss eine neue kaufen.

2) Réponse A – Der Tomatensalat schmeckt sehr gut.

3) Réponse B – Die Schultasche ist heute sehr schwer!

4) Réponse C – Wir gehen heute Nachmittag an den Strand. Vergiss bitte den Sonnenschirm nicht!

5) Réponse A – Hamburg ist eine Großstadt.

6) Réponse C – Was ist dein Lieblingsfach in der Schule?

7) Réponse A – Viele Patienten sitzen im Wartezimmer.

8) Réponse B – Wir sehen im Wohnzimmer fern.

Corrigés

Fiche 30 : Indiquer un changement de lieu : le directif

1) Réponse A – Mit meinen Freunden gehen wir heute Abend ins Konzert.
2) Réponse C – Im Winter fahren wir in die Alpen.
3) Réponse A – Es ist schon spät. Ich muss nach Hause gehen.
4) Réponse C – Meine Mutter muss einkaufen. Sie geht in den Supermarkt.
5) Réponse A – Kommt ihr im Sommer zu uns?
6) Réponse C – Am Samstagnachmittag geht Tina oft ins Schwimmbad.
7) Réponse B – Im Dezember gehen die Deutschen auf den Weihnachtsmarkt.
8) Réponse A – Alex lebt jetzt mit seiner Familie in Hamburg.

Fiche 31 : Les conjonctions de coordination : aber, denn, oder, und et sondern

1) Réponse B – Trinkst du Tee oder Kaffee zum Frühstück?
2) Réponse C – Doris und Lisa haben heute Handballtraining.
3) Réponse A – Wann kommt deine Kusine zu Besuch? Am Samstag oder am Sonntag?
4) Réponse C – Ich möchte keine Cola, sondern ein Glas Wasser.
5) Réponse B – Familie Müller hat zwei Autos: ein kleines und ein großes.
6) Réponse A – Gehst du zu Fuß oder nimmst du den Bus?
7) Réponse A – Meine Oma ist 75 Jahre alt, aber sie ist noch sehr aktiv.
8) Réponse C – Mein Vater trinkt gern Kaffee mit Zucker, aber ohne Milch.

Fiche 32 : Le comparatif d'égalité, d'infériorité et de supériorité

1) Réponse B – Ich spreche besser Deutsch als du.
2) Réponse A – Meine Schultasche ist schwerer als mein Rucksack.
3) Réponse C – Der Eiffelturm ist nicht so hoch wie der Fernsehturm in Berlin.
4) Réponse B – Dein Rock ist kürzer als mein Rock.
5) Réponse B – Meine Schwester bekommt mehr Taschengeld als ich.
6) Réponse C – Du läufst schneller als ich.
7) Réponse B – Sport machen ist gesünder als faulenzen.
8) Réponse A – Das Haus ist größer als die Wohnung.

Corrigés

Fiche 33 : Le superlatif

1) Réponse C – Mein bester Freund heißt Jonas.
2) Réponse A – Ich mag die italienische Küche aber ich esse am liebsten Pizza.
3) Réponse B – Dieser Film ist der lustigste Film, den ich gesehen habe.
4) Réponse A – Januar ist der kälteste Monat.
5) Réponse C – Usain Bolt läuft am schnellsten
6) Réponse B – Für das Schulfest möchte ich das schönste Kleid tragen.
7) Réponse A – Bayern ist das größte Bundesland Deutschlands.
8) Réponse C – In Heidelberg befindet sich die älteste deutsche Universität.

Fiche 34 : Le groupe nominal complément au datif

1) Réponse A – Der Lehrer gibt den Schülern Hausaufgaben.
2) Réponse C – Du stellst deiner Schwester meine beste Freundin vor.
3) Réponse C – Ich verstehe nicht. Ich stelle dem Lehrer viele Fragen.
4) Réponse B – Ich schicke meiner Tante eine Postkarte aus Wien.
5) Réponse C – Lukas erklärt seinem Freund die Matheübung, denn er versteht nicht.
6) Réponse A – Wir verbringen die Osterferien bei unserer Oma.
7) Réponse B – Tina geht mit ihren Eltern spazieren.
8) Réponse C – Die Schüler hören der Lehrerin gut zu.

Fiche 35 : Les pronoms personnels au datif

1) Réponse B – Gib mir bitte die Flasche.
2) Réponse C – Guten Tag! Kann ich Ihnen helfen?
3) Réponse A – Bleiben wir hier zu Hause oder gehen wir zu dir?
4) Réponse A – Ich rufe sofort meine Freundin und zeige ihr meine Kleidung.
5) Réponse B – Die Schüler stellen Frau Weber viele Fragen. Sie gibt ihnen die Antworten.
6) Réponse A – Claudias Brieffreundin schreibt ihr einen langen Brief.
7) Réponse C – Die Mutter gibt ihrem Sohn ein Küsschen, um ihm zu danken.
8) Réponse B – Der Film hat uns gefallen.

Corrigés

Fiche 36 : La proposition subordonnée introduite par dass et weil

1) Réponse B – Mein Bruder lernt Deutsch, weil er später in Deutschland arbeiten möchte.

2) Réponse B – Ich ruhe mich aus, weil ich müde bin.

3) Réponse A – Glaubt ihr, dass wir im Sommer nach Spanien fahren können?

4) Réponse B – Sie hat Verspätung, weil sie den Bus verpasst hat.

5) Réponse A – Wir hoffen, dass es euch gut geht.

6) Réponse A – Es ist schade, dass du nicht zu Tinas Geburtstagsparty kommen kannst.

7) Réponse B – In der Pause esse ich ein Käsebrot, weil ich Hunger habe.

8) Réponse A – Max hat gehört, dass wir morgen keine Schule haben. Stimmt das?

Fiche 37 : Les verbes de modalité müssen et sollen

1) Réponse A – Du sollst vielleicht nach Deutschland fahren, wenn du dein Deutsch verbessern willst.

2) Réponse A – Mein Zahnarzt sagt, ich soll mir dreimal pro Tag die Zähne putzen.

3) Réponse B – Tim muss um 19 Uhr seinen Computer ausmachen.

4) Réponse A – Man soll fünf Obst und Gemüse pro Tag essen.

5) Réponse B – Wir müssen morgen sehr früh aufstehen.

6) Réponse A – Soll ich das Fenster aufmachen?

7) Réponse A – Sie sollen unbedingt Berlin besichtigen. Das ist eine wunderschöne Stadt.

8) Réponse B – Der Kühlschrank ist leer. Wir müssen einkaufen gehen.

Fiche 38 : Le verbe wissen

1) Réponse B – Martin und Paul wissen, wo wir uns morgen treffen.

2) Réponse C – Ich langweile mich. Ich weiß nicht, was ich machen kann.

3) Réponse A – Du weißt jetzt, wo wir wohnen.

4) Réponse B – Wissen Sie, um wie viel Uhr der Zug ankommt?

5) Réponse C – Ich möchte gern wissen, wie alt sie ist.

6) Réponse A – Ralf weiß das Gedicht auswendig.

7) Réponse A – Du weißt doch, dass Tina nicht mehr in Berlin wohnt.

8) Réponse C – Wir wissen, wie der neue Schüler heißt.

Fiche 39 : Les différentes formes du pronom interrogatif wer

1) Réponse A – Wer hat Lust, heute Abend in die Pizzeria zu gehen?

2) Réponse C – Mit wem spielst du Tennis?

3) Réponse B – Für wen ist das Geschenk?

4) Réponse C – Bei wem verbringst du das Wochenende?

5) Réponse B – Wen lädst du zu deiner Geburtstagsparty ein?

6) Réponse A – Wer kommt mit mir in die Stadt?

7) Réponse C – Wem schenkst du Bonbons?

8) Réponse A – Wer hat diesen Kuchen gebacken?

Fiche 40 : Le prétérit des verbes sein et haben

1) Réponse B – Wo warst du in den Ferien?

2) Réponse C – Meine Freunde waren in den Alpen.

3) Réponse C – Wir hatten eine schöne Zeit in der Schweiz.

4) Réponse B – In Spanien hatte Julia schönes Wetter.

5) Réponse A – Gestern war ich mit Lena im Schwimmbad.

6) Réponse A – Ich hatte viel Spaß beim Konzert.

7) Réponse C – Wo wart ihr denn so lange?

8) Réponse B – Es war einmal ein Wolf.

Fiche 41 : Le parfait des verbes faibles

1) Réponse B – Lukas hat vier Jahre lang Fußball gespielt.

2) Réponse A – Meine Schwester hat sich als Prinzessin verkleidet.

3) Réponse B – Was ist dir passiert?

4) Réponse C – Die Schüler haben viele Vokabeln gelernt.

5) Réponse B – Was haben sie im Supermarkt gekauft?

6) Réponse A – Hast du die neue CD von Namika gehört?

7) Réponse C – Ich habe auf meinen kleinen Bruder aufgepasst.

8) Réponse B – Hast du Frau Lenz geantwortet?

Corrigés

Fiche 42 : Les adjectifs possessifs dans le groupe nominal au datif

1) Réponse B – Jeden Samstagnachmittag spiele ich Fußball mit meinen Freunden.

2) Réponse A – Der Lehrer gibt seiner Schülerin eine gute Note.

3) Réponse C – Was schenkst du deinem Opa zu Weihnachten?

4) Réponse B – Die Kinder sollen ihren Eltern zu Hause helfen.

5) Réponse A – Die Mutter geht mit ihrem Kind spazieren.

6) Réponse A – Jedes Jahr fahren wir mit unserer Oma in die Ferien.

7) Réponse C – Dankt eurem Lehrer von mir!

8) Réponse B – Ich habe heute meinem Chef eine E-mail geschrieben.

Fiche 43 : Situer dans l'espace : le locatif

1) Réponse A – In der Ecke finden Sie eine Bäckerei.

2) Réponse B – Wir treffen uns vor dem Kino.

3) Réponse A – Der Teppich liegt auf dem Boden.

4) Réponse C – Ein schönes Familienfoto hängt an der Wand.

5) Réponse B – Ich verbringe den Abend bei meiner Freundin.

6) Réponse A – Die Katze schläft auf dem Sofa.

7) Réponse C – Wir verbringen zwei Wochen in Salzburg.

8) Réponse B – Heute Abend essen wir in der Pizzeria.

Fiche 44 : Le pronom interrogatif welch-

1) Réponse B – Welches Datum haben wir heute?

2) Réponse C – In welchem Restaurant habt hier gestern gegessen?

3) Réponse B – An welcher Universität studiert deine ältere Schwester?

4) Réponse A – Welches Schulfach magst du nicht?

5) Réponse C – Welcher Film läuft heute Abend im Kino?

6) Réponse B – Welche Reportage möchtest du dir ansehen?

7) Réponse A – In welcher Klasse bist du?

8) Réponse C – Mit welchem Auto seid ihr nach Stuttgart gefahren?

Corrigés

Fiche 45 : L'adjectif qualificatif dans le groupe nominal défini (1) sujet et COD

1) Réponse C – Der neue Schüler heißt Oliver.
2) Réponse A – Hast du schon die letzte Staffel von deiner Lieblingsserie gesehen?
3) Réponse B – Das moderne Gebäude ist die Stadtbibliothek.
4) Réponse A – Die alte Dame, die neben mir sitzt, ist meine Nachbarin.
5) Réponse C – Die weißen Schuhe passen gut zu deiner Hose.
6) Réponse B – Das größte Hotelzimmer kostet 100€ pro Nacht.
7) Réponse A – Die blauen Socken sind schmutzig.
8) Réponse C – Der neue Film von Michael Fassbender ist spannend.

Fiche 46 : Le parfait des verbes forts

1) Réponse A – In Wien haben wir unsere österreichische Freunde getroffen.
2) Réponse B – Es ist mir gelungen, den Weg wiederzufinden.
3) Réponse A – Wann habt ihr den Film gesehen?
4) Réponse A – Du hast einen Brief von deinem Austauschpartner bekommen.
5) Réponse A – Die Schüler haben die Übung nicht verstanden.
6) Réponse B – Annika und ihre Freundin sind den ganzen Nachmittag geritten.
7) Réponse A – Ich habe mich mit meiner Freundin gestritten.
8) Réponse B – Die Familie Weber ist nach München umgezogen.

Fiche 47 : Le locatif et le directif

1) Réponse B – Die Bäckerei liegt zwischen der Post und der Bank.
2) Réponse A – In der Klasse sitzt Paul neben mir.
3) Réponse B – Stell bitte dein Fahrrad in die Garage!
4) Réponse B – Ich hänge meine Jeansjacke an den Kleiderständer.
5) Réponse A – Wir gehen am Nachmittag an den Strand.
6) Réponse C – Meine beste Freundin lebt an der Atlantikküste.
7) Réponse B – Meine Mutter liest ein Modemagazin im Wohnzimmer.
8) Réponse A – Du stehst am Fenster.

Fiche 48 : Le prétérit des verbes faibles

1) Réponse B – Wir bereiteten einen Schokoladenkuchen.
2) Réponse C – Du frühstücktest immer um 7Uhr.
3) Réponse A – Der Schriftsteller verfasste einen schönen Text.
4) Réponse A – Es regnete den ganzen Tag.
5) Réponse B – Die Kinder bastelten einen Papierflieger.
6) Réponse C – Ich brauchte Butter, Mehl, Zucker und Eier für das Rezept.
7) Réponse A – Früher wohnten meine Großeltern auf dem Land.
8) Réponse C – Als ich noch ein Kind war, erzählte mir meine Oma schöne Märchen.

Fiche 49 : Le prétérit des verbes de modalité

1) Réponse C – Du solltest deine Hausaufgaben machen.
2) Réponse A – Wir konnten nicht mitkommen.
3) Réponse A – Katja und Emma wollten dich was fragen.
4) Réponse B – Ihr durftet nicht euer Handy nicht benutzen.
5) Réponse C – Mein Computer war kaputt. Ich musste einen neuen kaufen.
6) Réponse A – Du durftest nicht hinausgehen, denn du warst krank.
7) Réponse B – Tom wollte nicht länger bleiben.
8) Réponse C – Die Kinder mochten den Kuchen nicht.

Fiche 50 : Les pronoms indéfinis jemand et niemand / etwas et nichts

1) Réponse A – Hat jemand bitte einen Taschentuch für mich?
2) Réponse A – Haben Sie mit jemandem gesprochen?
3) Réponse B – Ich habe mich auf der Party gelangweilt, denn ich kannte niemanden.
4) Réponse B – Niemand hat angerufen.
5) Réponse C – Deine Mutter möchte dir etwas erzählen.
6) Réponse A – Was hat der Lehrer gesagt? Ich habe nichts verstanden!
7) Réponse C – Hast du Durst? Möchtest du etwas trinken?
8) Réponse B – Komm! Ich möchte dir jemanden vorstellen.

Corrigés

Fiche 51 : Les verbes prépositionnels

1) Réponse B – Diese Jahr nehme ich an einem Schüleraustausch teil.
2) Réponse A – Meine Elter interessieren sich für klassische Musik.
3) Réponse C – Lena kann sich auf ihre beste Freundin verlassen.
4) Réponse A – Erinnerst du dich an deine Kindheit?
5) Réponse B – Meine Mutter hat Angst vor Spinnen.
6) Réponse B – Deutschland besteht aus 16 Bundesländern.
7) Réponse C – Beeile dich! Alle warten auf dich!
8) Réponse A – Lukas ist in Marie verliebt.

Fiche 52 : Les pronoms interrogatifs avec wo-

1) Réponse C – Woran erinnerst du dich?
2) Réponse B – Woran nehmen die Schüler teil?
3) Réponse C – Wovor hat Julia Angst?
4) Réponse A – Womit fährt Timo in die Schule? Mit dem Bus oder mit dem Fahrrad?
5) Réponse B – Woraus ist der Tisch gemacht?
6) Réponse B – Papa, wonach suchst du denn?
7) Réponse C – Worauf freuen sich die Kinder?
8) Réponse B – Wofür brauchst du 50 Euro?

Fiche 53 : L'auxiliaire werden au présent et l'expression du futur

1) Réponse B – Lukas wird vielleicht in den USA studieren.
2) Réponse C – Für deine Arbeit wirst du viel reisen.
3) Réponse A – Wir werden eine Reise um die Welt machen.
4) Réponse A – Warum ist Lisa heute nicht da? Sie wird wahrscheinlich krank sein.
5) Réponse C – Es wird bald regnen.
6) Réponse A – In den nächsten Jahren werden die Temperaturen weiter steigen.
7) Réponse C – Wir werden versuchen, mehr Geld zu sparen.
8) Réponse B – Wetten, dass ihr das Spiel gewinnen werdet!

Corrigés

Fiche 54 : L'interrogative indirecte introduite par ob et par les pronoms interrogatifs

1) Réponse C – Tim: „Wohnt Lukas in einem Haus oder in einer Wohnung?" Tim möchte wissen, ob Lukas in einem Haus oder in einer Wohnung wohnt.

2) Réponse A – Die Lehrerin: „Wo ist Anja?" Die Lehrerin fragt, wo Anja ist.

3) Réponse B – Die Mutter: „Warum weint das Baby?" Die Mutter will wissen, warum das Baby weint.

4) Réponse C – Lisa: „Für wen ist der Brief?" Lisa fragt sich, für wen der Brief ist.

5) Réponse B – Alex: „Wann besuchen wir Opa und Oma?" Alex will wissen, wann wir Opa und Oma besuchen.

6) Réponse A – Monika: „Kann jemand mir helfen?" Monika fragt, ob jemand ihr helfen kann.

7) Réponse B – Frau Schmidt: „Haben Sie Kinder Frau Weber?" Frau Schmidt möchte wissen, ob Frau Weber Kinder hat.

8) Réponse C – Nina: „Um wie viel Uhr kommt der Zug an?" Nina fragt, um wie viel Uhr der Zug ankommt.

Fiche 55 : Le prétérit des verbes forts

1) Réponse B – Letztes Jahr fuhren wir ins Ausland. (fahren*)

2) Réponse A – Mozart starb im Jahre 1791. (sterben*)

3) Réponse C – Im Sommer aß ich gerne Eis. (essen*)

4) Réponse A – 1989 fiel die Berliner Mauer. (fallen*)

5) Réponse C – Tom gab mir ein interessantes Buch. (geben*)

6) Réponse B – Ihr fandet das Pergamonmuseum in Berlin sehr interessant. (finden*)

7) Réponse A – Du trankst nie Kaffee. (trinken*)

8) Réponse B – Als du jung warst, last du viele Comics. (lesen*)

Fiche 56 : La proposition subordonnée relative (1) sujet et COD

1) Réponse A – Hast du schon den Western gesehen, der im Kino läuft?

2) Réponse C – Wo sind die neuen Schuhe, die du gestern gekauft hast?

3) Réponse B – Der Text, den die Schüler übersetzen sollen, ist sehr lang.

4) Réponse A – Kennst du die Sängerin, die dieses Lied singt?

5) Réponse B – Ist das meine Jacke, die dort auf dem Sofa liegt?

6) Réponse B – Wie heißt der letzte Roman, den du gelesen hast?

7) Réponse C – Haben Sie die Fotos, die wir in den Ferien gemacht haben?

8) Réponse A – Das Glas, das auf dem Tisch steht, ist leer.

Fiche 57 : Les verbes faibles irréguliers

1) Réponse B – Meine Cousine hat ihr Baby Tom genannt.

2) Réponse C –Das ganze Haus brannte in der Nacht.

3) Réponse C – Oma hat mir ein Geschenk gebracht.

4) Réponse A – Du sandtest mir eine Postkarte aus Bayern.

5) Réponse B – Ich habe an dich die ganze Zeit gedacht.

6) Réponse A – Wir kannten uns seit der Grundschule.

7) Réponse C – Der Zeuge ist sofort zur Polizei gerannt.

8) Réponse B – Jonas wandte sich beunruhigt an seine Eltern.

Fiche 58 : L'expression du but avec um...zu et damit

1) Réponse A – Ich treibe viel Sport, um fit zu bleiben.

2) Réponse B – Du stellst den Wecker auf 7 Uhr, damit du früh aufstehst.

3) Réponse B – Sophie bleibt zu Hause, damit ihr kleiner Bruder nicht allein bleibt.

4) Réponse A – Ihr organisiert eine Party, um Thomas' Geburtstag zu feiern.

5) Réponse A – Wir brauchen einen Ball um zu spielen.

6) Réponse A – Marc nimmt an einem Austausch teil, um seine Kenntnisse zu verbessern.

7) Réponse B – Tina hilft ihrer besten Freundin in Mathe, damit sie bessere Noten bekommt.

8) Réponse A – Ich muss Tina anrufen, um sie ein zu laden.

Fiche 59 : La proposition subordonnée infinitive

1) Réponse B – Möchtest du ein Eis ø essen?

2) Réponse A – Wir haben vor, heute Abend Bowling zu spielen.

3) Réponse A – Tim hat keine Angst, mit dem Fallschirm ab zu springen.

4) Réponse A – Das Haus meiner Nachbarin ist zu verkaufen.

5) Réponse B – Im Zoo dürfen die Besucher die Tiere nicht ø füttern.

6) Réponse A – Seid ihr froh, nach Amerika zu fliegen?

7) Réponse B – Lass mich ø sehen, was du gezeichnet hast.

8) Réponse B – Du solltest deine Hausaufgaben ø machen.

Fiche 60 : Le génitif

1) Réponse C – Wie ist der Name der neuen Lehrerin?

2) Réponse A – Hast du die Katze der Nachbarn gesehen? Sie ist weggelaufen.

3) Réponse C – Der Gemüsegarten meines Großvaters ist sehr schön.

4) Réponse B – Die Noten des Schülers sind sehr gut.

5) Réponse A – Trotz der Kälte haben wir eine Radtour gemacht.

6) Réponse B – Warum sind die Fensterladen des Hauses zu?

7) Réponse C – Wir warten auf Julias Bus.

8) Réponse A – Wegen eines Unfalls gab es 5 Kilometer Stau.

Fiche 61 : La proposition subordonnée relative (2) au datif et au génitif

1) Réponse B – Stefanie, deren Bruder in den USA studiert, möchte auch nächstes Jahr ins Ausland fahren.

2) Réponse A – Die Schüler, mit denen wir die Party organisieren, sind alle in der 12. Klasse.

3) Réponse C – Die Geschichte, von der ich spreche, geschah während des zweiten Weltkriegs.

4) Réponse B – Die Tennisspieler, deren Schläger noch auf dem Tennisplatz liegen, haben gewonnen.

5) Réponse A – Die Leute, bei denen wir die Ferien verbringen, sind sehr sympathisch.

6) Réponse C – Die Prüfung, an der die Studenten teilgenommen haben, war sehr schwierig.

7) Réponse B – Die Kinder, denen du die Süßigkeiten gegeben hast, haben sich darüber gefreut.

8) Réponse A – Die Frau, deren Handtasche gestohlen wurde, war verzweifelt.

Fiche 62 : L'adjectif qualificatif dans un groupe nominal défini (2) au datif et au génitif

1) Réponse B – Herr und Frau Müller wohnen seit zwanzig Jahren in diesem alten Haus.

2) Réponse C – Das neu eröffnete chinesische Restaurant befindet sich auf dem Rathausplatz.

3) Réponse C – Ich habe heute den schwarzen Mantel gekauft, den ich in der Boutique gesehen hatte.

4) Réponse A – Die Katze schläft auf dem bequemen Sessel.

5) Réponse B – Hast du schon von dem letzten Roman von Günther Grass gehört?

6) Réponse A – Die schönen Rosen sind für meine Mutter. Sie hat heute Geburtstag.

7) Réponse C – Das Schlafzimmer meines älteren Bruders ist immer unordentlich.

8) Réponse B – Was macht ihr denn in den nächsten Ferien?

Fiche 63 : La subordonnée temporelle introduite par les conjonctions als et wenn

1) Réponse B – Wenn ich Hunger habe, esse ich ein Käsebrot oder einen Apfel.

2) Réponse A – Als die Berliner Mauer fiel, fuhren viele Deutschen nach Westen.

3) Réponse B – Wenn wir nach Wien fahren, besichtigen wir immer das Hundertwasserhaus.

4) Réponse A – Als Monika 7 Jahre alt war, bekam sie ihr erstes Fahrrad.

5) Réponse B – Du kannst mit deiner Freundin kommen, wenn du die Lust dazu hast.

6) Réponse A – Als Oliver gestern in der Stadt war, hat er sich neue Sportschuhe gekauft.

7) Réponse A – Als ich letztes Jahr Au-pair-Mädchen in Deutschland war, habe ich mein Deutsch verbessert.

8) Réponse B – Wenn ich Kopfschmerzen habe, nehme ich ein Aspirin ein.

Fiche 64 : L'adjectif épithète dans un groupe nominal indéfini

1) Réponse A – Letzten Sommer haben wir eine wunderschöne Reise gemacht.

2) Réponse C – Hast du zufällig meinen blauen Rucksack gesehen? Ich finde ihn nicht!

3) Réponse B – Ich habe leider keine gute Nachricht !

4) Réponse B – Der Bruder meiner besten Freundin ist zweisprachig.

5) Réponse A – Wie findest du mein neues Kleid? Ist es nicht elegant?

6) Réponse A – Lisa war gestern auf einer Party und hat einen angenehmen Abend verbracht.

7) Réponse C – Salzburg und Innsbruck sind österreichische Städte.

8) Réponse B – Anna muss sich um ihre jüngeren Geschwister kümmern.

Fiche 65 : L'adjectif épithète dans un groupe nominal sans déterminant

1) Réponse A – Kleine Kinder spielen ruhig im Park.

2) Réponse B – Auf dem Markt haben wir frisches Gemüse gekauft.

3) Réponse C – Roter Wein schmeckt mir lieber als weißer Wein.

4) Réponse B – Meine Mutter hat schon graue Haare.

5) Réponse A – Möchtest du eine Tasse Tee mit kalter Milch?

6) Réponse A – Tina hat elegante Schuhe an .

7) Réponse B – Ich war letztes Jahr schon in Berlin.

8) Réponse C – Schokolade passt gut zu schwarzem Kaffee.

Fiche 66 : Le plus-que-parfait

1) Réponse A – Hattest du für die Klassenarbeit gelernt?

2) Réponse B – Alle Gäste waren schon angekommen, als sie an der Tür klingelte.

3) Réponse C – Ich las schon das Buch, bevor ich den Film gesehen hatte.

4) Réponse A – Wir hatten erst vorgestern deine Postkarte bekommen.

5) Réponse B – Damals hattest du als Krankenschwester gearbeitet.

6) Réponse B – Wir aßen in das Restaurant, das deine Freundin uns empfohlen hatte.

7) Réponse A – Als die Polizei ankam, waren die Einbrecher geflohen.

8) Réponse C – Wir hatten einen Monat lang in Österreich verbracht.

Fiche 67 : La subordonnée temporelle introduite par bevor, nachdem, während, sobald et solange

1) Réponse A – Nachdem mein Vater frische Brötchen geholt hat, frühstücken wir alle zusammen.

2) Réponse C – Bevor du zu deiner Freundin gehst, rufst du Oma an.

3) Réponse A – Solange es regnet, können die Touristen keine Wanderung machen.

4) Réponse B – Sobald ich Einkäufe gemacht habe, gehe ich zum Tennistraining.

5) Réponse C – Mein Bruder deckt den Tisch, während ich das Essen vorbereite.

6) Réponse A – Ich kann mich nicht konzentrieren, solange du laute Musik hörst.

7) Réponse A – Während Mama sich ihre Lieblingsfernsehserie anschaut, liest mein Vater die Zeitung.

8) Réponse B – Solange du bei mir wohnst, sollst du bei der Hausarbeit helfen.

Fiche 68 : Le passif au présent et au prétérit

1) Réponse A – Die Buchdruckerei wurde von Guttenberg erfunden.

2) Réponse C – Die Klassenarbeiten werden von dem Lehrer verbessert.

3) Réponse B – Es wird um 12 Uhr gegessen.

4) Réponse B – Die Berliner Mauer wurde 1961 gebaut.

5) Réponse A – Die Flugpassagiere werden von der Stewardess informiert.

6) Réponse C – Frisches Brot wird vom Bäcker gebacken.

7) Réponse A – In der Schule wird das Handy nicht benutzt.

8) Réponse B – Nach dem Zweiten Weltkrieg wurde Deutschland in vier Besatzungszonen geteilt.

Fiche 69 : L'expression du souhait à l'aide du subjonctif II

1) Réponse B – Meine Schwester möchte gern neue Kleider kaufen.

2) Réponse A – Ich hätte gern ein Kilo Äpfel bitte.

3) Réponse C – Wann hättet ihr gern zu uns kommen? Am Samstag oder am Sonntag?

4) Réponse B – Nach dem Abitur würde ich einen Beruf lernen.

5) Réponse A – Hättest du Lust, heute Abend eine Pizza zu essen?

6) Réponse C – Meine Eltern würden lieber im Sommer auf Mallorca fliegen.

7) Réponse B – Jonas würde am liebsten jeden Tag Videospiele spielen.

8) Réponse C – Claudia wäre gern mit Tim zusammen.

Corrigés

Fiche 70 : L'expression de la condition avec wenn et le subjonctif II

1) Réponse A – Wenn du mehr Sport machen würdest, wärest du gesünder.

2) Réponse C – Hätte meine Mutter mehr Zeit, dann könnte sie jeden Tag kochen.

3) Réponse B – Wenn meine Eltern es wollten, könnten wir heute Abend in die Disco gehen.

4) Réponse A – Ich würde mich freuen, wenn das Wetter jeden Tag schön wäre.

5) Réponse C – Wenn ich viel Geld hätte, würde ich den armen Kindern in Afrika helfen.

6) Réponse B – Wenn er nur die Antwort wüsste!

7) Réponse B – Es wäre super, wenn wir nächstes Jahr in der selben Klasse wären.

8) Réponse C – Wenn es nicht so weit wäre, käme Oma zu Fuß.

Fiche 71 : Le subjonctif II passé

1) Réponse A – Ach, wenn ich nur Stefans Telefonnummer nicht vergessen hätte!

2) Réponse B – Wäret ihr früher angekommen, dann hättet ihr meine beste Freundin kennengelernt.

3) Réponse A – Hätte ich nur besser aufgepasst!

4) Réponse A – Wenn die Schüler nur ihre Aufgaben fertig gemacht hätten?

5) Réponse B – Wäre mein Computer nicht kaputt!

6) Réponse A – Wenn Anna ihre Eltern nicht belogen hätte, hätte sie nicht auf sie geschimpft.

7) Réponse B – Du wärest gern mit uns gegangen.

8) Réponse A – Wenn ihr nur mehr gearbeitet hättet?

Fiche 72 : L'expression du conseil

1) Réponse B – Du solltest zum Frühstück etwas essen sonst hältst du den Vormittag nicht durch.

2) Réponse C – An deiner Stelle würde ich früher schlafen gehen. Du siehts so müde aus.

3) Réponse B – Deine Eltern raten dir, nicht mehr als zwei Stunden am Tag vor dem Computer zu verbringen.

4) Réponse A – Die Kinder sollten nicht zu viel Süßigkeiten essen.

5) Réponse C – Andrea sollte öfters ins Fitnessstudio gehen.

6) Réponse A – Die Kinder könnten vielleicht das Abendessen vorbereiten.

7) Réponse B – Am besten wäre es, wenn wir uns vor der Schule treffen würden.

8) Réponse B – An ihrer Stelle würde ich sofort zum Zahnarzt gehen.

Fiche 73 : Le double infinitif

1) Réponse C – Ich habe meine Mutter ein Geschenk kaufen wollen aber ich hatte kein Geld mehr.

2) Réponse A – Tim war so krank, dass er zwei Wochen lang im Bett hatte liegen sollen.

3) Réponse B – Die Schüler haben in den Ferien arbeiten müssen.

4) Réponse A – Mein kleiner Bruder hat die Vase fallen lassen.

5) Réponse C – Du hast nicht zur Party kommen dürfen.

6) Réponse B – Alexander hat drei Stunden lang laufen können.

7) Réponse A – Ich habe dich besuchen wollen aber du warst nicht zu Hause.

8) Réponse B – Das Kind hat sich einen Zahn ziehen lassen.

Fiche 74 : L'expression de la concession

1) Réponse C – Heute regnet es. Wir gehen trotzdem an den Strand.

2) Réponse B – Obwohl er müde ist, sieht er bis 23 Uhr fern.

3) Réponse B – Tina ist sehr enttäuscht, weil sie die Prüfung nicht bestanden hat. Dennoch hatte sie viel gelernt.

4) Réponse A – Trotz der Kälte muss Max seinen Hund ausführen.

5) Réponse C – Ich gehe ins Kino, obwohl ich schon letzte Woche den Film gesehen habe.

6) Réponse B – Sprayen ist streng verboten. Trotzdem wird die Wand meines Hauses gesprüht.

7) Réponse A – Katja ist mit dem Fallschirm abgesprungen, obwohl sie große Angst davor hatte.

8) Réponse A – Du hast dein Auto waschen lassen, obwohl es ziemlich sauber war.

Fiche 75 : La subordination

1) Réponse C – Ich trainiere mindestens dreimal pro Woche, weil ich fit bleiben will.

2) Réponse A – Meine Mutter denkt, dass wir jeden Tag Obst und Gemüse essen sollen.

3) Réponse B – Meine Schwester möchte Tierärztin werden, obwohl sie Angst vor Reptilien hat.

4) Réponse B – Als Tinas Hund gestorben war, wollte sie kein Haustier mehr haben.

5) Réponse A – Ich bekomme immer Kopfschmerzen, wenn ich am Tag nicht viel genug Wasser trinke.

6) Réponse A – Du gehts ins Bett, nachdem du dir deine Zähne geputzt hat.

7) Réponse C – Meine Mutter hat mir einen Wecker gekauft, damit ich nicht mehr verschlafe.

8) Réponse C – Frau Böhm möchte wissen, ob du ihrer Tochter Nachhilfe in Physik geben kannst.

Les principaux verbes forts

Infinitif	Présent	Prétérit	Parfait	Sens
an/fangen	er fängt … an	er fing … an	er hat … angefangen	*commencer*
an/kommen	er kommt … an	er kam … an	er **ist** … angekommen	*arriver*
an/rufen	er ruft …an	er rief … an	er hat … angerufen	*appeler (au tel.)*
an/ziehen	er zieht … an	er zog …an	er hat … angezogen	*mettre un habit*
aus/sehen	er sieht … aus	er sah … aus	er hat … ausgesehen	*avoir l'air*
beginnen	er beginnt	er begann	er hat … begonnen	*commencer*
bekommen	er bekommt	er bekam	er hat … bekommen	*recevoir*
beschreiben	er beschreibt	er beschrieb	er hat… beschrieben	*décrire*
brechen	er bricht	er brach	er hat … gebrochen	*briser*
ein/laden	er lädt … ein	er lud … ein	er hat … eingeladen	*inviter*
ein/schlafen	er schläft … ein	er schlief … ein	er hat … geschlafen	*s'endormir*
essen	er isst	er aß	er hat … gegessen	*manger*
fahren	er fährt	er fuhr	er **ist** … gefahren	*aller (en véhicule)*
fallen	er fällt	er fiel	er **ist** … gefallen	*tomber*
fangen	er fängt	er fang	er hat … gefangen	*attraper*
fern/sehen	er sieht … fern	er sah … fern	er hat … ferngesehen	*regarder la télé*
finden	er findet	er fand	er hat … gefunden	*trouver*
fliegen	er fliegt	er flog	er **ist** … geflogen	*voler*
fliehen	er flieht	er floh	er ist … geflohen	*fuir*
fressen	er frisst	er fraß	er hat … gefressen	*manger (animaux)*
geben	er gibt	er gab	er hat … gegeben	*donner*
gehen	er geht	er ging	er **ist** … gegangen	*aller*
gefallen	er gefällt	er gefiel	er hat … gefallen	*plaire*
gewinnen	er gewinnt	er gewann	er hat … gewonnen	*gagner*
halten	er hält	er hielt	er hat … gehalten	*tenir*
hängen	er hängt	er hing	er hat … gehangen	*être accroché (suspendu)*
heißen	er heißt	er hieß	er hat … geheißen	*s'appeler*
helfen	er hilft	er half	er hat … geholfen	*aider*
kommen	er kommt	er kam	er **ist** … gekommen	*venir*
lassen	er lässt	er ließ	er hat … gelassen	*laisser*
laufen	er läuft	er lief	er **ist** … gelaufen	*courir*
lesen	er liest	er las	er hat … gelesen	*lire*
liegen	er liegt	er lag	er hat … gelegen	*être couché*

Infinitif	Présent	Prétérit	Parfait	Sens
lügen	er lügt	er log	er hat ... gelogen	*mentir*
mit/nehmen	er nimmt ... mit	er nahm ... mit	er hat ... mitgenommen	*emporter*
nehmen	er nimmt	er nahm	er hat ... genommen	*prendre*
reiten	er reitet	er ritt	er **ist** ... geritten	*faire du cheval*
rufen	er ruft	er rief	er hat ... gerufen	*appeler*
scheinen	er scheint	er schien	er hat ... geschienen	*briller*
schlafen	er schläft	er schlief	er hat ... geschlafen	*dormir*
schlagen	er schlägt	er schlug	er hat ... vorgeschlagen	*frapper*
schmelzen	er schmelzt	er schmolz	er **ist** ... geschmolzen	*fondre*
schneiden	er schneidet	er schnitt	er hat ... geschnitten	*couper*
schreiben	er schreibt	er schrieb	er hat ... geschrieben	*écrire*
schwimmen	er schwimmt	er schwamm	er ist ... geschwommen	*nager*
sehen	er sieht	er sah	er hat ... gesehen	*voir*
sein	er **ist**	er **war**	er **ist** ... **gewesen**	**être**
singen	er singt	er sang	er hat ... gesungen	*chanter*
sitzen	er sitzt	er saß	er hat ... gesessen	*être assis*
sprechen	er spricht	er sprach	er hat ... gesprochen	*parler*
springen	er springt	er sprang	er **ist** ... gesprungen	*sauter*
stehen	er steht	er stand	er **ist** ... gestanden	*être debout*
steigen	er steigt	er stieg	er **ist** ... gestiegen	*monter*
sterben	er stirbt	er starb	er **ist** ... gestorben	*mourir*
sich streiten	er streitet sich	er stritt sich	er hat sich ... gestritten	*se disputer*
tragen	er trägt	er trug	er hat ... getragen	*porter*
treffen	er trifft	er traf	er hat ... getroffen	*rencontrer*
treiben	er treibt	er trieb	er hat ... getrieben	*pratiquer*
trinken	er trinkt	er trank	er hat ... getrunken	*boire*
tun	er tut	er tat	er hat ... getan	*faire*
um/ziehen	er zieht ...um	er zog ... um	er **ist** ... umgezogen	*déménager*
verbieten	er verbietet	er verbot	er hat ... verboten	*interdire*
vergessen	er vergisst	er vergaß	er hat ... vergessen	*oublier*
verlassen	er verlässt	er verließ	er hat ... verlassen	*quitter*
verlieren	er verliert	er verlor	er hat ... verloren	*perdre*

Infinitif	Présent	Prétérit	Parfait	Sens
versprechen	er verspricht	er versprach	er hat ... versprochen	*promettre*
verschwinden	er verschwindet	er verschwand	er **ist** ...verschwunden	*disparaitre*
verstehen	er versteht	er verstand	er hat ... verstanden	*comprendre*
vor/schlagen	er schlägt ... vor	er schlug ... vor	er hat ... vorgeschlagen	*proposer*
waschen	er wäscht	er wusch	er hat ... gewaschen	*laver*
werden	er **wird**	er **wurde**	er **ist** ... **geworden**	**devenir**
werfen	er wirft	er warf	er hat ... geworfen	*jeter*
wissen	er weiß	er wusste	er hat ... gewusst	*savoir*
ziehen	er zieht	er zog	er hat ... gezogen	*tirer*
zwingen	er zwingt	er zwang	er hat ... gezwungen	*obliger, forcer*

Les verbes faibles irréguliers

Infinitif	Présent	Prétérit	Parfait	Sens
brennen	er brennt	er brannte	er hat ... gebrannt	*brûler*
bringen	er bringt	er brachte	er hat ... gebracht	*apporter*
denken	er denkt	er dachte	er hat ... gedacht	*penser*
kennen	er kennt	er kannte	er hat ... gekannt	*connaître*
nennen	er nennt	er nannte	er hat ... genannt	*nommer*
rennen	er rennt	er rannte	er **ist** ... gerannt	*courir*
senden	er sendet	er sandte er sendete	er hat ... gesandt er hat ... gesendet	*envoyer*
wenden	er wendet	er wandete er wendete	er hat ... gewandt er hat ... gewendet	*tourner*

PAPIER À BASE DE
FIBRES CERTIFIÉES

LAROUSSE s'engage pour l'environnement en réduisant l'empreinte carbone de ses livres. Celle de cet exemplaire est de :
750 g éq. CO_2
Rendez-vous sur
www.larousse-durable.fr

Achevé d'imprimer en Espagne chez Macrolibros
Dépôt légal : août 2020. 323273/01.
N° de projet : 11040403 – juillet 2020